Coverillustration : Ryu Sugahara

Cocktail Kiss Label

箱入りオメガは溺愛される

義月粧子
Syouko Yoshiduki

この物語はフィクションであり、実在の人物・団体・事件等とは、いっさい関係ありません。

Contents

イラスト・すがはら竜

箱入りオメガは溺愛される

長い夏休みが終わって後期日程が始まると、構内は学園祭に向けての準備が本格的に始まる。立て看板ポスターが設置され始め、ライブ出演のアーティストが決まったり、映画祭のプログラムが発表されたり、皆がどこか浮足立っている。

そんな中まだ日差しの強い構内を、木陰を探しながら移動していた坂藤奏《さかふじかなた》が、ある研究棟の前で立ち止まった。

さっきから通り過ぎる学生がちらちら彼を見ていたが、本人はあまり気づいていない。大きくて目尻が綺麗に切れ上がった印象的な眸《ひとみ》に、綺麗に通った鼻筋。長毛種の猫をイメージさせる明るい茶色を帯びたふわふわの髪。典型的なオメガの美形だ。

「あ、ここだ」

わりと最近にできた某メーカー創始者の名前を冠したセンターを横切って、ちょっとガタがきている鉄筋の建物に入った。

ゼミの教授から学内でのボランティアを紹介されて、今日はその初日だった。

「失礼しまーす」

声をかけてドアノブに手をかけると、奏が開けるより先にいきなりドアが開いて、長身の男性が奏の目の前に立ち塞がった。

「わ……」

身長が一七〇センチに届かない奏は、思わず見上げてしまう。

ヴァレンチノの黒のタイトTシャツにレザーパンツ。細身だが肩幅もあって、それなりに鍛えているのが身体にフィットしたシャツごしにわかる。その上、脚がやたら長い。何より、隠し切れないほどのオーラ。

この人、きっとアルファだ。直感的に奏はそう思った。

「おっと、失礼」

彼は奏を見下ろすと、にこっと笑った。

やや長めの前髪が右目にかかって、それを掻き上げる。綺麗なアーモンド形の眸は、柔らかくもシャープにも映り、どこか捉えどころがない。彫りが深く鼻筋の通った整った容姿は、どう控えめに云《い》ってもかなりのイケメン。

「何か?」

「あ、あの、こちらでボランティアを募集していると聞いて…」

緊張すると、いつも声がやや高くなってしまう。そんな奏に、長身の男は申し訳なさそうに頭を掻いた。

「あー、せっかく来てくれたのに申し訳ないけど、高校生のボランティアはお断りしてるんだよね。守秘義務とかいろいろあるから、高校生だと…」

奏は思わずむっとして、それがもろに表情にも出た。

「こ、高校生じゃありません…！　田崎《たさき》先生のゼミ生です！」

「へ？　田崎先生って、法学部の？」

むっとした顔のまま、奏は小さく頷く。

「ごめんごめん。そういえば、そんなメールきてたな。いやー、可愛いからつい…」

笑いながら部屋の奥に声をかけた。

「島田《しまだ》さん、田崎教授のとこからボランティア来てくれたー。案内したげて」

そして再度奏に向き直った。

「ありがとう。助かるよ、よろしくね」

イケメンはふっと目を細めて奏を見る。

「きみ、仔猫みたいだね」

「は？」

仔猫？　なに、この人…。

それって初対面の相手に云うこと？　思わず眉を寄せてしまう。

「あ、むくれた顔も可愛いんだ。ますます仔猫っぽい」

それって、オメガだって云いたいの？　だったらそう云えばいいじゃん。なんか失礼。

奏は確かにオメガだが、べつに引け目は感じてない。オメガだからといってみんなアルファの云いなりになるわけじゃないからと、彼はいつも思っている。

「こんな可愛い子がボランティアに来てくれるなんて、ラッキーだね。田崎さんにお礼云わないと」

ふふふと唇に笑みを浮かべると、ひらひらと手を振って部屋を出ていった。

なんなの…、チャラすぎる…。院生かな。こういうマニアックなラボではあまり見かけないタイプだ。

そもそもあのTシャツ、十万近くするんじゃないのかな。学生の身でヴァレンチノのシャツだなんて、ちょっとヤな感じ。

ついつい眉を寄せてしまうが、そういう奏のシャツだってグッチだ。ワードローブに入りきらないほどの服は、その殆《ほとん》どは母か姉が選んだハイブランドという箱入り具合。

実家がそこそこ裕福なので、奏は恵まれた環境で育った。実家から通えなくもないのに、通学に時間がかかるからと一人暮らしをしている。駅に近いセキュリティ完備の２ＤＫのマンションは、学生の身分としてはそれなりに贅沢《ぜいたく》だ。

偏見まるだしでオメガを見下すアルファなんか相手にしないし、可愛いと云われたくらいで誉《ほ》められてるなんて勘違いすることもない。

「坂藤くんね。田崎先生から連絡いただいてます」

微笑みながら自分の方に歩いてくる女性に、奏は一礼した。

「坂藤です。よろしくお願いします。…あの、山上《やまがみ》教授は…」

「秘書の島田です。山上先生は海外出張中で、今の責任者は宇柳《うりゅう》先生です」

「そうですか。では、宇柳先生にご挨拶した方が…」

奏が控えめに提案すると、島田はにっこりと笑った。

「貴方がさっき話していたのが宇柳先生です」

「え……」

あのチャラけた人が責任者…？　それじゃあ院生じゃなくて講師か助教ってこと？　ってことは、ああ見えて実はけっこう年齢がいってるとか…。

そんなことを考えていると、島田が他の学生たちに奏を紹介してくれた。

「ボランティアで手伝ってくれる坂藤くんです」

「わー、可愛い」

「顔、ちっちゃ！」

「なんなの、色白いし、睫毛《まつげ》長いし。女子より可愛いの、なんで？」

さっきまでパソコンに向かっていた数人の女子が、一斉に声を上げる。男子学生も、声に出さないまでもチラチラ奏を見ていた。

こういう反応は初めてではないので慣れてはいるが、それでもいつもどう対応すればいいのかわからず、結果黙殺することになる。

「早瀬《はやせ》くん、坂藤くんに説明してあげてくれる？」

島田が一人の研究員を指した。

「あ、はい。ちょっと待って…」

早瀬は散らかった資料を移動させて、奏のために場所を空けた。

奏はお礼を云って席に着く。それを部屋中の人が見ていて、何とも居心地が悪い。

それに気づいた早瀬が、呆れたように溜め息交じりに注意をしてくれた。

「…いつまで見てんの。作業に戻れば？」

早瀬に云われて、皆慌ててパソコンに向き直った。

「んじゃ…、これ使うか」

モバイルパソコンを起動させると、奏の前に置いて説明を始める。

作業内容は専門知識は不要なもので、奏はこれなら問題ないなと思いながらも、聞き逃さないように注意深く耳を傾けた。

「これって、全部手作業なんですね」

「そう。上がってくるデータがバラバラでね。しかも、うちにデータが流れてくるわけじゃなくて、それぞれの市町村が発表したものをこっちで取り込んでる状態だから…」

「そうなんですか…」

「これまでこれで何とかなってたから、市町村任せだったんだよね。データをファックスで送ってくるようなとこもあったりで…」

アナログすぎて驚くが、だからこそボランティアが必要になっているわけだ。

「あと、ここでの情報は守秘義務があるので、拡散禁止ね」

「あ、はい。田崎教授からも聞いています」

「念のためだけど、よく読んであとでサインしておいてもらえる？　無償ボランティアなのにいろいろうるさくてごめんね」

「いえ…」

注意書きには、丁寧に守秘義務に関しての説明があった。情報を扱う上では当たり前のことだが、そのへんの認識が甘い学生が案外多いので、たとえボランティアでも教員の紹介がある者に限っているようだ。

他学部の研究室に興味があったたし、アルバイトをしたことがない奏にとってボランティア活動は就活の履歴書で課外活動として使えるので、悪くない話だと思っていた。

「あと、電話は他の人がとるから、きみはとりあえず入力を頑張ってくれたら…」

「了解です」

奏は、早速指示された作業を開始する。

単調な作業なので、何とか効率化できないか考えながら入力するが、たぶんここにいる人たちは数字に関しては自分よりずっと優秀で、そんなことはとっくに考えた末にこの方法をとらざるを得ないのだろうなと思いつつ、淡々と作業を続けた。

研究室内は雑然としていて、ひたすらパソコンに向かっている学生もいるが、データの活用法を相談し合ったりもしている。

会話の概要は理解できても、詳細は残念ながら奏は畑違いでついていけない。

「すみません。これ、続きどこですか？」

一段落ついた奏は、グラフを作成中の早瀬に確認する。

「え、こっち全部終わった？」

「…ここまでですよね」

「そう。…きみ、作業速いねえ」

感心するように云われて、ちょっと照れてしまう。

「タイプミスもあると思うんですけど、あとでまとめて確認するつもりです」

「助かるよー。すごい戦力かも」

「いえ、そんな…」

誉められたせいで、奏の雰囲気が一気に柔らかくなる。

容姿を誉められても反応に困るだけだが、頑張ったことを誉められると素直に嬉しい。

努力して綺麗になった容姿ならともかく、自分では何もしてないところを評価されても反応のしようがない。それが奏の正直なところだ。

オメガ独特の彼の雰囲気は実に愛くるしく、それでいて勝ち気そうなくっきりした眸が印象的で、顔が才能ともいえる完成度だった。しかし本人は顔だけと云われるのが嫌で、小さい頃から勉強もスポーツも人一倍頑張ってきた。

スポーツは体格でどうしようもないことはあるが、技術や頭脳で補える部分は意外に多い。それに運動能力そのものも努力の方向が正しければ必ず伸ばせる。奏はそうやって諦めずに自分でできる努力は続けていたし、高校卒業するまでは合気道の道場にも通っていた。

そんな奏のよきお手本は歳《とし》の離れた姉だ。彼女は今は研修医として多忙な日々を送っているが、スポーツも万能で高校時代に剣道で全国大会にも出場している。

姉は幼少の頃から抜きん出て優秀だったが、それに加えてたいそうな努力家だった。奏はそんな姉を心から尊敬し、ずっと彼女を目標にしてきた。

両親も姉もアルファだが、オメガの奏を差別することなど一切なく、少しでも姉に近づこうと頑張る奏をいつも応援してくれた。奏は彼らから溢《あふ》れるほどの愛情を与えられていることを疑ったことはない。

小学校の頃から通っていた学園は周辺の公立校と比べるとアルファの割合がかなり高かったが、それでもそのアルファたちですら一目置く従兄弟《いとこ》たちが目を光らせてくれていて、オメガだからといって奏は危険な目に遭ったことはなかった。

それでも理不尽な仕打ちを受けているオメガが多くいることは知っているし、彼自身油断をしているわけではない。

自分が恵まれた環境にいることは自覚していたが、それに甘んじているわけでもないという自負はあったのだ。

そんなわけで、どんな場面でも手を抜かず全力投球を常に心がけていた。いつもそれだと疲れてしまうと思う人もいるが、自分の枠を広げるには限界を少し超える想定をしていくことも大事なのだ。

「お疲れさまー。宇柳先生から差し入れでーす」

段ボールを抱えて入ってきた二人の学生が、それをテーブルにどかっと置いた。

中にはちょっと可愛くラッピングされたお菓子と、サンドイッチやベーグルなんかがいっぱい詰まっていた。

「わー、さすが宇柳先生、気が利く」

「これフラットのサンドイッチじゃん。うれしー、こういうの買いに行く時間もないからなー」

皆が段ボール箱に群がる。

「ベーグルも四分の一にカットしてある。お店に頼んでくれたのかな」

「宇柳先生、こういうとこ気が回るんだよね」

フラットは母がお気に入りで奏もときどき買いに行くが、セレブ向けのベーカリーで、客用駐車場にはいつも高級外車が停まっている。

卵サンドひとつとっても、自家製のマヨネーズで和《あ》えた卵サラダには細かく刻んだベーコンやピクルス、それにオリーブが入っている、手間のかかったものだ。

「坂藤くんも遠慮しないで、どうぞ」

声をかけてもらって、奏はお礼を云って残ったサンドイッチの中からひとつを取った。

島田が淹《い》れてくれたコーヒーが、紙コップで回ってきた。

「ああ、沁《し》みるぅ。ここ暫《しばら》く、学食とコンビニ飯しか食べてないし…。こういうときに、ちょっとお洒落《しゃれ》な差し入れされたら頑張っちゃうよね」

「そういうとこ、ほんとうまい。あれはモテるわ」

ああ、確かにそんな感じだな。チャラけてて、女子の好みとかも熟知してて、いかにももてそうな…。

「できすぎだよね。アルファで実家も太くて、あれだけのイケメンで、しかも二十代で講師だもん」

「え…！」

奏はサンドイッチを持ったまま思わず声を上げてしまって、全員の注目を浴びてしまった。

「それは何に対する『え？』なのかな？」

「…あの、…二十代ってとこが…」

「逆にいくつに見えた？」

「…二十代後半に見えて、実はアラフォーとか……」

奏の素直な感想にみんなが爆笑した。

「そうなんだよねえ。忘れてるときあるけど、私らとそんなに歳変わらなかったりする」

「宇柳センセ、なんか時間軸間違ってるっぽいとこあるよね」

「今二十八だっけ？」

「化け物的だもんね、いろいろと」

講師の平均年齢は四十代だ。三十前だと研究員がせいぜいだろう。そこから助教、講師とステップアップしていく。

「確か大学入って一年もたたないうちに留学しちゃって、そのままずっと海外行ったきりだったのを、三年前に山上教授が講師のポストが空いてるからって強引に呼び戻したのよね」

三年前…ということは講師になったのは二十五歳…。日本で大学生活を送っていたら叶わないことだろう。

そもそもが日本ではアカデミアのポストが限られていて、研究員になれたところで一年契約で先の見通しもない。研究職には冷淡な国なのである。

高度成長期には技術大国をめざすべく、教育には相応の予算を突っ込んできたはずだ。日本人がノーベル賞をとれるのもそうした政策のおかげだったのに、今は若い研究者を育てる気配が微塵《みじん》もない。それもこれも財務省のコストダウン至上主義が…という話はさておき。

「ポストは、空いたっていうか空けたらしいけど」

「頭脳流出阻止って感じ」

山上教授は国内ではこの分野の第一人者と聞いているが、その教授にそこまで信頼されているとは、相当優秀な人なんだろうと奏は推察する。

「宇柳先生自身もいつかは戻ってくるつもりだったみたいだけど、とりあえずは自由に研究できるだけの実績を積んでからって思ってたらしいね」

「チャラチャラ見えて、けっこう志高いし」

「…僕にとっては先生が来てくれてラッキーだったよ。留学するかどうするか迷ってたときだったから」

早瀬もぼそりと呟《つぶや》いた。

「だよね。ぶっちゃけ留学した方が生活は楽になるんだよね。学費かからないし、留学先が生活費の面倒も見てくれるとこも多いから。けど、環境変えるのって簡単じゃないし」

「鬱になって帰国した先輩の話とか聞くとね…」

他の面子《メンツ》も黙って頷いている。

「宇柳先生、厳しいけど、面倒見もいいし」

「あの人、山上教授よか教えるのうまい。めちゃ厳しいけど」

彼らによれば、山上は有能な若い研究者を探し出してスカウトする役目、それを宇柳が育てるということらしい。さっきのチャラけた感じからは想像もつかない。

「とにかく、論文出せ、いつまでに書けって、プレッシャー凄いし」

「データ集まったらすぐに解析して、すぐに論文出せって」

「よそのラボに負けるぞ。先越されたら、ボツにするしかなくなるぞって」

奏は意外そうに彼らの話を聞いていたが、学生にはずいぶんと好かれているようだ。

それを聞くうちに、奏の中で宇柳のポイントがどんどん溜まっていく。

アカデミアの世界で実績を積むことはそれほど簡単じゃない。地方の高校だと神童扱いされたような学生でも、ランクの高い大学に入るとたいていはその他大勢だ。その中で更に篩《ふる》い落とされて、学問で闘っていける少数が研究室に残っている。希望だけで大学院に進学しても過酷な現実についていけずに、自ら悟ってやめていく。その中でポストを得ることがどれほど大変なことか。

宇柳は、そうした知的エリートたちをあっさりとぶっちぎれるだけの才能を持っているということだ。それに加えて、あの外見。

神様は本当に不公平だなあと、奏はつい溜め息を漏らしてしまう。

しかし逆にあの容姿もあって、最初から化け物級すぎて闘える相手じゃないと誰も嫉妬する気が起こらないのかもしれない。

なんだか、短い時間で宇柳の情報でお腹いっぱいだ。

その後も集中して作業をしていたが、気づいたらとっくに九時を回っていた。

「坂藤くん、どうせ終わらないから、適当なところで切り上げて」

早瀬に云われて、奏はほっと息をついた。

我ながらけっこう頑張ったので、少し目が疲れてきている。キリのいいところで終わらせると、帰り支度をして席を立った。

「お先に失礼します。お疲れさまです」

ぺこりと一礼する。

「ご苦労さま。ありがとう」

「ほんとに助かった。懲りずにまた来てね」

彼らの声に見送られて廊下に出ると、向こうから長身の男性が歩いてくるのが見えた。

宇柳先生だ…。離れていてもすぐにわかった。

長身ってだけじゃなくて、全体の雰囲気がカッコいい。姿勢がよくて、歩き方がどこか優雅というか…。しかもあの頭の中はとんでもなく複雑なつくりになっているんだと思うと、ドキドキしてきた。

宇柳は奏に気づくと、軽く片手を挙げた。

「あれ、坂藤くんだっけ？　今までいてくれてたんだ。お疲れ」

「…お疲れさまです」

軽く頭を下げる。そして思い出したように顔を上げた。

「あ、差し入れご馳走さまでした」

「ああ、美味しかったでしょ？」

にこっと笑う顔がやはりイケメンで、奏はちょっと動揺していた。

「…はい。母の好きなお店で…」

「へえ、お母さんが」

そう云ったときの目が優しそうに細められる。

やば…、なんか、この人…。

「明日も来てくれる？」

なんだろ、この甘い誘い方…。不思議な吸引力。

「あ、はい…」

「よかった。今度お礼にご馳走しなきゃね」

「い、いえ……」

慌てて首を振った。もしかしたら顔が赤くなっていたかもしれない。

そんな奏を見た宇柳の表情が更に柔らかくなって…、その途端、奏は微かな匂いを感じると同時に、何かが刺さったみたいな、妙な違和感を覚えた。

え、なに…。

刺さったというか、引っ掛かったというか…。

そしてそれ以上に、匂いが気になった。もう一度嗅ぎたくなって、殆ど無意識に彼に近づいていた。

「ん？　なに？」

云われて、慌てて後退《あとずさ》る。

「いえ…、あの、何でもありません」

今何をしようとした？

そんな奏に、宇柳は小さく微笑んでみせる。

「じゃ、また明日ね」

宇柳は軽く返すと、奏を廊下に残して研究室に消えた。

ほっとして、そそくさと研究棟を出る。

いくら匂いが気になるからって、自分から寄っていくなんて恥ずかしすぎる。思い出すだけで、頬が熱い。

なんであんなことになっちゃったのか、自分でもわからない。

それでもあの匂い、やっぱり気になる。コロンか何か？　それに、刺さったみたいな違和感は今でも僅かに残ってる。

宇柳先生がアルファだから？　自分がオメガだから？

不意に思いついたことに、大きく首を振って否定した。

そもそも、宇柳がアルファだってことは決定事項ではない。勝手に決め付けちゃいけない。

それはそれとして、これまでも周囲にアルファは大勢いたが、一度として彼らの匂いが特別気になったことなどないのだ。

姉や従兄弟たち、そして彼らの友人たち。奏はオメガにしてはかなりアルファ率の高い環境にいた。それでも効果の高いレディメイドのピルのおかげもあって、発情してフェロモンをまき散らすようなハメに陥ったこともない。

愛くるしいオメガ特有の容姿だったが、従兄弟たちの防波堤が高すぎて、小さい頃から軽々しく奏に手を出す者はいなかった。

告白されたことくらいはあるが、まったくそんな気になれずに今に至る。

恋愛一般に疎《うと》い自覚はあるが、特に気にはしていない。恋人がいることを羨《うらや》ましいと思ったこともない。二十歳なのに童貞で処女なんて…とか大きなお世話だよ。そんなことに引け目を感じるなんて、バカバカしい。ずっとそう思ってきたし、今もそうだ。

そんな奏だから、誰かを好きになって気づいたらその人のことばかり考えてるなんて経験があるはずもない。

それなのに、さっきから宇柳のことはずっと気になってる。

それは、きっとラボの人たちが彼の話をいろいろ聞かせてくれたから。それが興味のあることだったからだ。そうに違いない。

とはいえ、匂いは…やっぱり気になった。

それと、刺さった何かは今でも僅かに違和感が残ってる。これ、なんだろう…。

奏は、ふと五年前のあの日のことを思い出した。


奏が高校一年で、姉は医師国家試験を三週間後に控えていたときだった。

姉は同じ医学部の同級生と付き合っていた。奏も紹介されて何度か会ったことがあった。いかにも好青年といったタイプで、高校のときは生徒会長とかやっていたと聞いている。

病院の跡取り息子で、彼の母親は姉を息子以上に気に入っていた。既に付き合って四年近くたっていて、近い将来は二人は結婚することになるだろうと周囲はみんな思っていた。

それが、あろうことか姉はその男に二股かけられていて、しかも姉の方が振られたのだ。

姉の友人たちによれば、最終学年になった頃からそういう噂《うわさ》はあったという。が、姉はそれを笑い飛ばしていた。

破局に終わったときも、姉は振られたことを隠さなかったし、周囲が忠告してくれたのにもかかわらずまるで気づいてなかった自分を笑っていた。そして間もなく行われた国家試験にも見事に合格してみせて、周囲には鉄の女のようにも云われていた。

しかし奏だけは、姉の思いを知っていた。

あの日、帰宅した姉が家の門の前で唇を噛みしめて嗚咽《おえつ》をこらえていたのを見ていたのだ。霰《あられ》が舞い散る冷たい日だった。

あんな姉の姿は初めてで、奏はどうしていいのかわからなくなった。

ふっと空を見上げた姉は儚《はかな》く美しく、消えてしまいそうに弱く見えた。溢れる涙を拭うこともせずに、じっと空を見上げていた。

そのとき、その姿を二階の窓から見ていた自分と目が合った。

姉は少し驚いて、そして乱暴に涙を拭った。そして自分に軽く手を振って見せたのだ。あのときの姉は驚くほど綺麗だった。

たまらなくなって、奏は階段を駆け下りて玄関に向かった。

姉がちょうどドアを開けたところだった。

「ただいま…」

姉はいつもと同じように微笑んでくれた。

奏はどうしたのとは聞けなかった。寒いねとか、風邪ひくよとか、そんなことを云った気がする。

姉は一度だけ奏をぎゅっと抱きしめて、掠《かす》れる声でありがとうねと云った。姉らしくない、頼りない声で、それでも小さく微笑んだ。

その数日後、あの涙の理由を知った。

相手の男のことは許せなかったが、それ以上に失恋ごときで姉が泣いていたことがショックだった。

しかしそれは自分が恋愛を知らないせいで、たぶん「失恋ごとき」と思う認識こそ改めるべきなのかもしれない。そう思うほどには、姉の涙は衝撃で、あのとき見た光景は類を見ないほど美しいものだったのだ。少なくとも奏にとっては。

姉がその後どうやって失恋から立ち直ったのかは奏は知らない。たぶん、本人以外誰も知らないだろう。姉はそういう人だ。

誰かに相談したり、頼るということがない。

彼女は今も特定の相手を作らない。それはまた裏切られるのが怖いからなのか、まだあの男のことを忘れられないせいか、奏にはわからなかった。

それでも姉は何かのときに、付き合ったことは後悔してないと云ったことがあった。それは従兄が彼女を慰めるために、元彼の悪口を云ったときだった。

「四年も付き合った彼のことを悪く云わないでほしいな」

姉は従兄に充分感謝した上で、そう云った。

「振られたけど、私は一度も後悔してないよ。彼には幸せになってほしい。そう思うようにしてる。じゃないと自分が惨めじゃない？」

姉は自分に云い聞かせるようにそう云った。同時に、奏に語りかけてもいるようだった。

このときも姉は凛《りん》としていたが、そんな姉があんなふうに泣いてたことを奏は忘れたことはない。

奏が恋愛に慎重になってしまうのは、そのせいかもしれなかった。そんなことを知れば姉は哀しがるかもしれないので口に出したことはないが、まだ発情期もきてなかった奏にとって特別な出来事だったことは間違いなかった。


講義が終わって帰り支度をしていると、顔だけは辛うじて覚えがある同級生たちから、親しげに呼び止められた。

「明後日なんだけど、A女の子と合コンやるんだけど、坂藤も来ない？」

「顔いいヤツ、集めてんだ」

本人たちは誉めてるつもりのようだが、奏には迷惑きわまりなかった。

「や。予定あるんで…」

「えー、A女だよ？　幹事の子もすげ可愛くてさ」

わざわざ写メを見せられたが、奏は何の反応も見せなかった。

「それなりの子たちに声かけるって云ってくれてるから、こっちも揃《そろ》えないとと思ってさ」

それならきみはまず抜けないとダメじゃんと思ったが、口には出さない。

「何なら、坂藤の分俺らで持つし」

「せっかくだけど…」

再度断ろうとすると、二人は奏に近づいて声のトーンを落とした。

「きみ、オメガだって？　それだと俺らには好都合だし」

ニヤニヤ笑って、顔を見合わせる。

「何なら、アルファの友達紹介するよ。可愛いオメガちゃん探してるって云ってたし」

「あー、松島《まつしま》？　親がレストランチェーンやってるって」

「それそれ。だからさー、俺らの顔立ててよ」

顔を立てないといけないほどの付き合いなどなかったはずなのに、何を云っているのかと呆れてしまう。なので無視して机を離れようとすると、前に立たれた。

「ちょっとー、冷たいんじゃない？」

「俺らと仲良くしといたら、何かとお得よ？」

やたら自分たちに自信があるのか、かなり執拗《しつよう》だ。が、奏にとってはこういうことは何も初めてではない。

「…アルファなら間に合ってるし、合コンも興味ない」

「は？」

「予定あるって云われたら、それで引き下がって」

可愛い顔とは裏腹の冷たい言葉に、二人の表情が変わる。

「…せっかく誘ってやってそれかよ」

「オメガのくせに生意気じゃね？」

「なんなら、俺らが相手してやろうか？」

二人はゲラゲラ笑っている。

奏がそれには取り合わず彼らの横を通り過ぎようとしたとき、乱暴に腕を掴《つか》まれた。

「待てよ」

不快感で全身がぞわっと逆立つ。

「離せよ」

軽くそれを振り払う。

「云っておくけど、さっきからの会話全部録音してるから」

奏はポケットのケータイを取り出して彼らに見せる。

「お互い、ややこしいことにはなりたくないよね」

さすがに固まっている。オメガなんだから当然このくらいの自衛はしているのだ。

「そんなわけで、アルファの紹介はいらないし、合コンにも二度と誘わないで」

くっきりとした目で睨《にら》み付けると、さっさと教室を出た。

「ばーか、誰がおまえらなんか相手にするかよ」

廊下でぼそっと吐き出す。

オメガというだけで見下してくる奴はどこにでもいる。高校までは従兄弟が睨みをきかせてくれたおかげで、あまり不愉快な思いをすることもなかったが、大学では従兄弟と別々になったせいで、たまにこういうことはある。

国立の難関大学なので偏差値は高いはずだが、それが必ずしも人格を保証するわけではないということを奏は知った。

強気で撃退したものの、実は指先は僅かだが震えている。不快感と同時に不安な気持ちで落ち着かない。

逆恨みされないように巧《うま》く断るようにした方がとも思うが、あんなに執拗で失礼きわまりない奴らの下手《したて》に出るなんて舐められるだけだ。

気を取り直して、山上ラボに向かった。

あいつらのせいでしっかり足止めを食ってしまった。ボランティアは特に開始時間が決まっているわけではないが、明日も行くと宇柳に約束した手前、奏はちょっと焦り気味に研究棟をめざす。

「失礼します」

声をかけて入室したが、宇柳の姿はなかった。

「あ、坂藤くん来てくれた」

奏に気づいた早瀬が、手招きする。

「遅くなって…」

「いやいや、都合のいいときに来てくれたら…。それよか、田崎ゼミって確か英米法なんだよね？　手を貸してほしくて」

「え、なんでしょうか」

「この文書、正確に読めるかな」

そう云って、モニターに英文のテキストを出した。

「判例を引用してるからすごく読みにくくて…」

奏は拾い読みしてみる。

「…ちょっとやってみていいですか？」

自信があったわけではないが、できなくはなさそうだった。

「ほんと？　宇柳先生が来るまで待とうかと思ったんだけど、今日から出張だって」

あ、出張なんだ…。顔に出ないまでも少しがっかりしてしまう。

それでも少し前までに嫌な気持ちがすっかりなくなっていることに気づいて、奏は少しほっとしていた。一人だったら自宅に戻ってもなかなか気分は晴れなかったかもしれないから。

きっぱりと対応するから芯も強いと誤解されがちだが、後になってから云いすぎじゃなかったかなとか、黙っていればよかったかもなんて、暗い気分が尾を引いてしまう質《たち》なのだ。

だからといって云い返さないと舐められてしまうし、奏の性格上黙って引き下がることはよしとしなかった。結局は、黙って理不尽を受け入れるか、反撃して嫌な気持ちも受け入れるかのどちらかになるわけだ。

奏は後者を選択するようにしているとはいえ、姉のように怯《ひる》むことがないわけではなく、内心びくびくしながら自分を奮い立たせて反論するのだ。

だから、きつい対応をした後はあれこれ考えて落ち込んでしまう。

「坂藤くん、法学部の人だったんだ」

早瀬との話を聞いていた学生が声をかける。

「マーカスにも読んでもらったんだけど、なんかよくわからなくて」

マーカスはオーストラリアからの留学生だが、日本語があまりうまくないので、たとえ英語で理解できたとしてもそれを日本語で説明するのが難しいのだろう。

「頑張って」

早瀬に期待まじりに云われて、奏は早速翻訳に取り組んだ。

読みにくい文章だったが、それでも読み込めば何とかなりそうだ。

奏は日ごろから各教員が推薦する文献として上げたものは殆ど読んでいたし、それらの本の末尾にある参考文献にも目を通していた。中には英文の論文もあっていつも苦戦を強いられたが、それでも投げ出すことなく取り組んだ。どうしても理解できないときは、それを読むための勉強もする。そのための資料や文献も教員に相談した。奏のような勉強熱心な学生には、どんな教員でも親切に相談に応じてくれた。

奏は他の学生と比較して記憶力や理解力が特に秀でているわけではないので、勉強には時間がかかる。サークル活動やアルバイトに費やす時間は残念ながらない。

記憶力がずば抜けていて閃《ひらめ》きもある学生は、自分の半分以下の時間で充分な成果を上げられるが、奏はひたすら時間をかけて努力する以外ない。

しかし目標が姉だった奏は、小さいときからそうやって努力することは当たり前のこととしてきた。

そしてそうやって積み重ねてきたことが、自分の血肉になっていることは確かに感じる。

半年前ならきっと途中で挫折していたこの英文もちゃんと読めるし、畑違いの相手にも解説できるようになっている。……はずだ。

時間はかかったものの何とか訳すことができて、早瀬にメールで送った。

「うわー、これはありがたい」

早瀬は読むなり、大袈裟に喜んでくれた。

正確を期するために、オリジナルのまま訳して、それに解説を加えたのだ。

「すごくクリアな訳だな。わかりやすいよ」

「……この解釈だと矛盾がないので、論旨は間違ってないと思います。単語の解釈が不安なところはアンダーライン入れてるので、そこは注意してもらって……」

「うんうん。これ、ラボで共有していい？」

「あ、はい。おかしなとこあったら直してもらって……」

早瀬は頷きながら、グループチャットに転載した。そして奏のアカウントも登録した。

その後は昨日の続きの作業を行う。淡々と入力作業をして適当なところで引き上げる。

帰りの地下鉄の中でチャットアプリを確認すると、何人かが自分の訳を読んでくれて一様に感謝の返信をつけてくれていた。

自分が学んでいることで役に立てたのは単純に嬉しかった。

ラボの学生たちは、奏から見れば相当に優秀で、それは彼らの会話を聞いているだけでも充分に感じ取れる。

専門分野の話になると理解できないものの、学部生に対する説明を聞いていれば論理構築が明快である。

研究職はコミュ障の専門オタクの集まりだと勘違いしている人がいるが、たいていの研究は共同作業なので、コミュニケーションは不可欠だ。

奏はどちらかというとコミュニケーション能力は低い方なので、ゼミに入ってからは意識して自分の意見を伝えるように頑張っているところだ。

他人に解説して理解を得ることは、自分の中での確認作業にもなるのだ。頭の中で何となく理解できているつもりでも、いざ他人に説明しようと思うと、かなり曖昧であることがわかったりもする。

帰宅して翌日の予習をしていると、翻訳した内容に関していくつか指摘や質問があった。

法学部の学生とは違う角度からの指摘は勉強になったが、それだけにいろいろ調べる必要が出てきて返信するには時間がかかってしまった。そのせいで、やっと予習を終えたときはすっかり遅くなってしまったが、それでも妙な充実感があった。

奏は優秀すぎる姉のせいでそれなりにコンプレックスがあるから、優秀な人たちに少しでも認めてもらえることが嬉しいのだ。

あの名前すら覚えていない二人組の失礼な態度も、もうまったく気にならない。念のため録音したものは自宅のＰＣに転送しておいたし、いくらなんでも仕返しを考えるほど彼らもバカではないだろうと思う。

充実した気分のまま、ぐっすりと眠った。

学食は学生たちの声でざわついていて、そんな中奏は一人でランチを食べていた。

ネットニュースを見ながら温野菜を食べていると、チャットの通知音が鳴って受信画面が映し出された。

「え……！」

思わず声が出る。

早瀬が奏を登録したグループチャットのメンバーからいくつものフォロー承認を求める通知が届いていたのだが、今宇柳のアカウントからも通知があったのだ。

グループのメンバーは山上ラボの学生や研究員だったので、宇柳が入っていてもおかしくないし、便宜上だろうとは思うものの、少しどきどきしながら宇柳のアイコンをタップして承認した。

なんだろう、このどきどきは…。

そうしているあいだにも、グループチャットにいくつかのメッセージが現れる。その殆どが専門性の高い話で、奏には九割意味がわからなかった。

通知音をオフにして、再度ネットニュースをチェックする。

温野菜と一緒に茹《ゆ》でた豚肉を食べて、お茶を飲む。そして大事にとっておいたカボチャのプリンを開けた。ハロウィン仕様で、まるで女子大生のようなランチだ。

それを食べ終えた頃に、新しいメッセージが届いた。

送信者を見て、心臓が飛び出るかと思った。

慌てて表示した。宇柳からだったのだ。

『アイコン、仔猫じゃなくて仔犬なんだね』

そのあとに、仔猫のスタンプがついている。

なんなの…。奏は思わず眉を寄せた。この前も仔猫がどうのと云われた気が…。

『…アイコンは実家で飼ってる愛犬です』

姉も自分も家を出てしまって、寂しがった母が二年前から飼い始めたトイプードルだ。

するとまた宇柳からさっきとは違う仔猫のスタンプが届いた。

なんなの、この仔猫推しは…。

なのでつい奏もムキになって、生後三か月のときの特別可愛い愛犬の画像を送ってしまう。

『今、昼休みでしょ？』

仔猫と一緒にメッセージが届く。

『そうです。学食です』

『何食べてんの？』

『日替わり定食』

バカ正直に答えながら、なんでそんなことを聞かれてるんだろうと思わないでもない。

『今NYなんだけど、お土産何がいい？』

思わず答えに詰まる。NY？　お土産って？

そういえば早瀬が出張とか云っていたのを思い出す。海外出張のことだったのか。いつ帰国するんだろうと思ったけど、それを聞くのはなんとなく憚《はばか》られた。

『仔猫以外の画像』

迷った末に変なことを書いてしまう。

暫くして届いたのは、宇柳の自撮り画像だった。

「……」

横ピースでウインクして更に舌まで出したふざけた写真だった。が、やっぱりイケメンは違うなと思う。

『カナタのも送って！』

無邪気な絵文字と共に送られてきて、戸惑う。

そもそも、いきなり下の名前って…。

ふと時計を見ると、午後の講義の時間が近づいてきていた。

ちょっと考えて学食の風景を撮る。

『午後の講義が始まります』

そう書き添えて画像を送ると、そっとスマホを閉じて鞄に入れた。

今のやり取りって何？　そう思いつつも、どこか気持ちが浮き立っている。

よく考えたら、自分は習っていないとはいえ、親しくもない教員とこんな軽いノリでやり取りするのっておかしいんじゃないかとは思うが、きっと彼は他の学生に対してもこういうノリなんだろうと思った。

講義のあとにスマホを確認すると、宇柳からのメッセージが入っていた。

『カナタの自撮り、見たかった…』

がくりと肩を落として項垂《うなだ》れる自撮り画像も一緒だった。

つい笑ってしまう。

グループチャットも見てみると、そっちにも宇柳からの書き込みがあった。

『いい訳《やく》だね。過不足ないと思う』

短い言葉だが誉めてくれていて、奏はどうしようもなく嬉しくなってしまう。

奏が講義を受けているあいだに書かれたらしい学生からの質問にも、宇柳が代わって答えてくれていた。

それにお礼をつけると、今になって達成感のようなものがじわじわと湧いてきた。

苦手な刑法の講義も積極的な気分になれる。

明日はゼミ発表があるので、ボランティアはお休みして、早めに帰宅して発表の準備をする。

昨日はグループチャットの質問に答えるためによく寝ていなかったので、今日は明日の準備を済ませたらきちんと睡眠をとりたかった。

特に今の時期は発情期のだいたい二週間前にあたり、このときに体調を崩すと発情期のあいだ中倦怠《けんたい》感が続くことがあるのだ。こういうことを続けると鬱状態にもなると主治医に云われて、気を付けるようにしている。

ふだんは健康な方だが、だからといって無理を続けても平気というわけではない。

華奢な身体は、見た目同様さほど強くはなかったのだ。


この日もボランティアで、奏は入力作業を頼まれていた。

単調な作業で眠気が起こるが、それでも淡々と進める。

早瀬がもっと作業が簡略化できるようなプログラムを作っているので、それができれば今よりはスピードアップできるという。

「まあそれでも、それは今後に使ってもらうことになるだけで、既に上がってきてるデータに関しては、僕らが地道に手入力するしかないんだけどね」

「…がんばります」

奏は苦笑して作業を続けていると、研究室のドアが開いた。

「あー、宇柳センセ！」

学生や研究員が一斉に彼に目を向けた。

「みんな、ただいまー」

スーツケースを引きずった宇柳が、軽く手を挙げて入ってくる。

「おかえりなさい。今回、予定より早かったんですね」

最初に気づいた学生が声をかける。

奏は宇柳と目が合って小さく会釈をすると、宇柳も笑みを返してくれた
それだけでどきどきしてしまう。何か言葉をかけた方が…と思ったら、そうするより先に作業中の学生たちが一斉に宇柳に話しかける。

「帰国は来週って云ってませんでした？」

「んー。なんか面倒くさいこと押し付けられそうになって逃げてきた」

「昨日、事務の人来てて、帰国予定聞かれたので来週って返事しちゃいましたけど…」

「フライト、キャンセル出たからさあ」

宇柳は返事をしながら自分のデスクに向かう。

「俺、さっき先生にメール送ったばっかりなんだけど…」

「あ、読んだよ。いいんじゃない？　あれで。それよか、これお土産」

バッグから取り出したのは、どこかで見たことのあるパッケージだった。

「これ、成田で買ったんじゃ…」

「文句云わないの」

「べつに文句は云ってませんけど…」

「誰かお茶淹れて。僕、ほうじ茶がいい」

誰かが返事をしてお茶の準備をして、誰かがお土産の和菓子を配る。

宇柳はそれを食べながら、集まってきた学生たちにあれこれアドバイスを始めた。

「へえ、これはおもしろいね。途中まではいいよ。みんなにも考えてもらって」

宇柳に促されて、学生はホワイトボードに計算式を書き始める。

途中で躓《つまず》くと、他の学生の意見を求めるために、彼らは目につくところに式を書いておくことにしていた。それに興味を持った学生がその後を埋めたり、間違いを指摘したり。そうやって研究の幅を広げていくのだ。

「えーと、これ考えたのハヤト？　独特だよね…。うーん、ちょっと待って。ここがさ…」

ここ数日、早瀬たちが悩んでいた問題に、宇柳はちょっとした打開策を授ける。

「くそ。そういうことか…」

早瀬が悔しそうに見直して、他の仲間も集まってきて、あれこれ考えを述べる。

「そうそう、マキの式が使えそうじゃん？」

「や、けど、それだとこの解が…」

「ふんふん、タカシはおもしろいこと考えるなあ。そのセンスは好きだなあ。けどさ、これグラフにしてみ？　歪み出っから」

奏はそのやり取りを聞きながら、さっきから宇柳が学生を苗字ではなく名前で呼んでいることに気づいた。だからなのか、いきなりカナタ呼びになったのは…。

あのとき過剰に反応しなくてよかったと思いつつも、何となく寂しい気持ちになって…。いや、寂しいって何…？

宇柳は楽しそうに学生たちの面倒を見ている。彼らの考えを頭から否定するようなことはなく、それらを最大限評価して、更に次のステップに向かうためのヒントを与える。

そりゃ、学生たちに信頼されるはずだ。

「これから鮨《すし》行くけど、誰か付き合える人ー」

ひととおり進捗状態をチェックし終えると、宇柳は学生を見回した。

「うおー、鮨！　はいはい、俺行けます」

「鮨かあ。俺はどっちかっていうと、焼肉のが…」

「帰国したときは和食って決まってんの！」

宇柳は断言すると、スマホを片手に店をチェックする。

「俺は、まだ終わってないけど、行きます。残り徹夜で仕上げますっ！」

早瀬も手を挙げるが、残りは悔しそうに歯噛みしている。

「…無理だ。まだ半分も終わってないし…」

「私なんてこれからカテキョのバイトよ…」

「来週帰国だって聞いてたから、それに合わせて仕上げておくつもりだったのにぃ！」

「右に同じ…」

皆一様に肩を落とす。

「カナタは？」

宇柳の長い指が、すっと奏を指した。

皆の目が一斉に奏に集まって、

「え……、いや、僕は…」

「かーなたー、付き合ってよ」

甘えるような声で誘う。

「タカシとかハヤトとか、いつもの面子すぎてつまんなーい」

「センセ、ひどい…」

「どうせいつもの面子ですけど…」

「カナタ来ないなら、回転鮨でいいかあ」

そう云って、ちらっと早瀬たちを見る。

「え…。それは…」

早瀬とタカシは顔を見合わせると、二人で奏に向き直る。

「坂藤くん、行くよね？」

「今めちゃお鮨食べたくなってきただろ？」

真顔で説得されて、奏は断れなくなってしまった。

「先生、カナタくん行きます！」

「ほんとに？」

「回らないとこがいいそうです」

「おっけー」

宇柳は満足そうに微笑むと、予約の電話を入れる。

「彼、何も云ってないじゃん」

隣にいた研究員が呆れたように突っ込む。

「口には出さないけど、そういうもんなんです！」

「…戸倉《とくら》、必死だな」

「ええ、必死ですが何か？」

「いや、いい…」

奏はそんな二人を見てちょっと笑ってしまった。

「ほら、カナタくんに笑われてる」

「えーえ、いくらでも笑ってください」

「ていうか、さっきから何で敬語なん？」

そんな争いをよそに、宇柳が電話を切った。

「三十分後なら席あるって。あと十五分で出られる？　車呼んでおくか」

「了解ですっ」

早瀬たちは、てきぱきと片づけを始める。

奏もキリのいいところで終わらせて、データを保存した。

「先生、お荷物お持ちしまーす」

戸倉は宇柳からスーツケースを受け取る。

「ミニバンのタクシー呼んであるから」

「了解っす」

駆け足でがらがらとスーツケースを引く戸倉の後ろを、宇柳のショルダーバッグを抱えた早瀬が追いかける。

宇柳と二人きりになって、奏は急に緊張してきた。

こういう場合、自分から話しかけた方が？　でも何を話せば…。

「カナタは学祭で何やんの？」

歩きながら、宇柳がのんびりと話しかけてくれた。

ほっとして顔を上げると、宇柳が優しげな目を自分に向けていて、また緊張してくる。

「…と、特には…」

「そうなんだ？　サークルとかも？」

「…入ってないです」

「どこにも？　けっこう誘われるだろ？」

サークルに入ってないってだけで無趣味でつまらない人間のように思われたのかもしれないが、そんなこと大きなお世話だった。

「興味のあるサークルがなかったので…」

「カナタは何に興味があるの？」

その質問に、奏はうっすらと眉を寄せた。

自分には趣味と呼べる趣味がない。姉や従兄弟の影響でいろんな経験をしてる方だと思うし、誘われれば断ったりはしないものの、自発的にということがない。ましてや有り金はたいても趣味に突っ込むなんてことは、一度もなかった。

「特に興味がなかったことでも、やってみたらハマっちゃったってことあると思うんだよね。そうやってできた友達ってけっこう大事だったりするし」

奏は思わず足を止めた。

こういうの覚えがある。教師にありがちな、友達は多い方がいいという思い込み。けど、まさか大学の教員に、それも宇柳に云われるとは。

中学のときだったかな。一人で本を読んでいるのが好きで、休み時間もクラスメイトと騒いだりしなかったせいで、友達がいないんだと思われて、担任の教師がクラス委員に同じグループに誘ってあげてと頼んだというのだ。

その教師にしてみれば、独りぼっちの奏を気にかけてのことだろうけど、それは奏のプライドを傷つけた。

「…僕がいつも一人でいるから、誘ってくれたんですか？」

「え…？」

「学食でも一人で食べること多いですし。友達も少ないですよ。だからってべつにサークル入って友達作りたいなんて思いません」

「ちょ……」

「何かに夢中になれない学生はつまんない奴だって云いたいんでしょ？　友達いないなんて可哀想とか」

思わず睨み付けていた。

がっかりだよ。あんな中学教師と同じこと思ってたなんて。腹立たしくて、哀しくて、きゅっと唇を噛みしめた。

それを見た宇柳が、慌てて訂正する。

「ちがうちがう。そんなこと思ってもないよ。けど僕の云い方も悪かったね」

「……」

「自分がサークル入ってよかったと思ってたから、ついね。でも、いろんな考え方あるんだから、ああいう云い方はよくなかった。ごめん」

両手を合わせて顔の前に持ってきて謝られてしまって、奏も過剰反応した自分が恥ずかしくなって、「いえ…」と小さく頭を下げた。

「それと、誘ったのはカナタとご飯食べたかっただけだから。友達いない学生をいちいち誘うとか、そんな面倒なことするわけないでしょ」

そう云って笑う。

「ハヤトたちの話によると、カナタはボランティアでもすごく熱心にやってくれてるようだから、サークルでもそんな感じなのかなと思っただけ」

　そんなふうに云ってくれたが、宇柳は奏が夢中になれるものがないコンプレックスのようなものに気づいているのだろうと思った。

　それでも今自分に必要だと思うことを一生懸命やっていることは間違っているわけではないと思っているので、奏は少し冷静になれた。

「…実際のところサークルにまで手が回らないんです。時間の使い方が下手なので、勉強だけでいっぱいいっぱいで…」

「真面目なんだなあ」

「要領が悪いだけだと思います。同じように勉強してても、バイトやサークルやってる人いくらでもいるし…」

　なんか自虐的だなと思いつつも、つい云ってしまう。

「でもこうやってボランティアしてくれてる」

「それは…。まあ経験として…」

「ボランティア、楽しくない？」

「そんなことはないです。みなさん、親切ですし。他の学部のラボを覗《のぞ》けるなんてなかなかできない経験だし」

「ならよかった」

ふふふと宇柳は笑った。

そんな彼を見て、きっと学生時代もサークルや課外活動にも精力的で、それでいて周囲が驚くような研究成果を残してきたんだろうなと思ってしまう。

研究棟を出たところまでタクシーが誘導されていて、早瀬たちがスーツケースを収納しているところだった。

「先生、前でいいですか？」

待っていた戸倉が助手席のドアを開ける。

「ありがとう」

早瀬と戸倉は急いで乗り込んで、奏は最後になった。

「シート、ちょっと下げていい？」

宇柳は振り返って奏に確認する。

「あ、どうぞ」

「ごめんね。脚長くて収まり切らなくてさー」

奏は生温かい笑みを浮かべると、膝の上にリュックを抱えた。

でもこれは、さっきの険悪な空気を忘れさせるための気遣いだと思って、自分も引きずらないようにほっと息をついた。

車内はゆったりしていて、快適だった。

早瀬と戸倉はずっと喋《しゃべ》っていて、それにときどき宇柳が何か云う。奏にはその意味はさっぱりで、それでもぼんやりと聞きながら窓の外の景色を見ていた。

渋滞もほぼなく、店近くに到着した。

「先生、荷物は？」

トランクに取りに行こうとする早瀬を宇柳が止める。

「マンションに届けてもらうことにしたから。邪魔でしょ」

スマホをポケットに入れて歩き出す。

奏は彼らの後ろをついていった。

カウンターとテーブル席がいくつかだけのこぢんまりした店だったが、そのわりに職人の数が多い。おそらく客単価の高い店なのだろう。

カウンターに通されて、宇柳の右隣が早瀬と戸倉、反対隣に奏が座ることになった。

「なに飲む？　ビール？　僕は日本酒にしようかなあ」

云いながら、宇柳は奏の方を向いた。

「あ、僕はアルコールは……」

「飲めないの？　まだ飲酒年齢じゃない？」

「…飲めないだけです」

「三年なら二十一かな」

戸倉が口を挟む。

「…まだ二十歳です」

それを聞いた宇柳が、まじまじと奏を見る。

「二十歳かあ。まだぴちぴちだね」

「先生、ぴちぴちって…」

早瀬が呆れたように突っ込む。

「誕生日いつ？」

「…二月です。なのでまだ暫く二十歳です」

「二月のいつ？」

べつに誕生日くらい知られてもかまわないのに、繰り返し聞かれるとなんとなく云い淀《よど》んでしまう。

「…十三日です」

それを聞いて早瀬たちが気の毒そうに頷く。

「それ、バレンタインと一緒にされちゃうやつ…」

「俺もクリスマス三日前なんでわかるよ…」

二人の会話に宇柳は苦笑しつつ、大将に日本酒を見繕ってもらう。

お薦めのネタを握ってもらって、どちらかというと食の細い奏も、質の高い仕事ぶりにいいテンポで味わった。

早瀬と戸倉が矢継ぎ早に宇柳に質問するせいで宇柳は彼らの方を向いていて、奏は話を聞きながら、ちらちらと宇柳の鼻筋の通った横顔を堪能していた。

「ここ、美味しいでしょ。大将、まだ若いけど、銀座《ぎんざ》の高畑《たかはた》で修業してた人で…」

「あ、もしかしてこのお湯呑…」

奏の言葉に、大将がにっこり微笑んだ。

「よくご存じで。高畑の大将の好意で、同じ窯元《かまもと》で作ってもらったんです」

「どうりで…」

「高畑にはよく行くの？」

日本酒のおかわりを注いでもらいながら、宇柳は奏を見る。

「そんなによくじゃないですけど、父が好きでときどき家族で…」

「へえ。いいご家族だね」

宇柳は目を細める。近い距離でそんなふうに見られると、ちょっと落ち着かない。

それを受けて、早瀬たちも同調する。

「カナタくん、如何《いか》にもいいとこの子って感じはするよね」

「確かに。がつがつしてないし、礼儀正しい」

子ども扱いされているようで、少し恥ずかしくなって小さく首を振った。

「カナタくん、弁護士志望？」

「いえ…」

弁護士資格はあった方がいいとは思うものの、ロースクールに進学することはまだ考えていない。

「そういえば、田崎先生と宇柳先生って接点あったんですね」

早瀬が不思議そうに聞く。同じ大学でも学部が違えば共通点はあまりない。

「接点は安達《あだち》先生だよ」

安達は彼らの隣の研究室の准教授だ。

「ああ、安達先生…」

「安達さんの高校時代の部活の先輩だって。それでなんかで誘われて一緒に飲んだんだよね。田崎さん、ワイン通でさ。いい店連れていってくれて…」

「へえ」

「三人で五本空けて……」

「え……」

「先生、ザルだから……」

「全部美味《うま》かったんだよ。値段も手ごろだったんで、ケースで取り寄せてもらって分けてからの仲」

ザルと云われるだけあって、日本酒も水のように飲んで顔色ひとつ変わらない。

「田崎さんと飲んでるときに、データ集計のボランティアが足りなくてって愚痴ってたら、自分とこの学生にも声かけてやるって云ってくれてさ。あんまり期待はしてなかったんだけど、カナタが来てくれたんだよねー」

ねーと同意を求められても、カナタは初めて聞いた話だった。

「バイト雇いたくても、科研費からは出せないし」

「科研費、足りてないですもんね」

「足りてないのもそうなんだけど、申請目的以外で使えないからさ」

「そのへん、ガチガチですよね」

経費削減とか不正使用防止とかで、締め付けは年々厳しくなる。

「まあ僕のポケットマネーから出してもいいんだけど、山上先生のラボであんまり勝手なこともできないし」

実家が太いと誰か云っていたが、本当のようだ。

「だからこうやってご馳走することにしてんの」

奏ににこっと微笑むと、また酒を追加する。

「あ、そうだ。せっかくなんで、みんなで写真、いいすか？」

さっきから大将の許可を得てＳＮＳに鮨の画像をアップしている戸倉が、宇柳とカナタにスマホを向ける。

「ネットにはアップしないんで」

「ならいいよー」

宇柳は快諾すると、奏の肩に腕を回す。それがごく自然な流れで、奏は拒むきっかけを失ってしまった。

「あ、俺もまざるー」

早瀬も加わって、妙にノリが明るい。カウンター席の他の客が引いたタイミングだったので、店も大目に見てくれている。

「はーい、カナタくん笑ってー」

大袈裟な笑顔を作ってノリノリの横ピースの宇柳に対して、無愛想に視線も外している。

「うわ、温度差激しい」

戸倉は笑いながら、今度は自分もそこに加わる。

実際は無愛想なわけではなく、戸惑っているだけだ。しかも宇柳がずっと肩を抱いたままで、どうしても意識して緊張してしまう。

「先生、これ見て。カナタが可愛い」

席に戻ると、戸倉は撮ったばかりの写真を宇柳に見せた。

戸惑った顔で宇柳にいいようにされている奏が写っていて、それを見た宇柳はニヤニヤが止まらない。

「タカシ、これ僕にも送って」

云いながら、奏にも見せる。

「ほらほら、やっぱり仔猫っぽいよね」

「……」

また仔猫とか云ってる…。

そんなことより、宇柳の顔がより近づいてきて落ち着かない。ふと何かいい匂いがしたような気がして、奏はくんと鼻をぴくつかせた。

その瞬間、強い眩暈《めまい》がして思わず目を閉じる。ぐわんと頭が揺さぶられて、血が逆流したようだ。幸い、奏のそんな変化には誰も気づかなかったようだ。

「ちょっと失礼」

トイレに立った宇柳にちょっとほっとして、しかし残り香に引き寄せられるように吸い込んでしまった。

また、眩暈。そして、熱が沸き起こったように急激に体温が上がる。

ちょっと…、気持ち悪い。

慌てて水を飲もうとして、グラスに手を伸ばして一口飲む。

透明で口当たりもいい。さすがいいお店はお水も美味しい…、そう思って更にぐいっと半分くらい飲んでしまった。

「え……」

さすがに喉を通っていったときに違和感を覚えて、グラスを置く。

「カナタ、それ…」

「宇柳センセのお酒じゃね？」

え、お酒って？

どくんと、心臓が跳ねる。

「大丈夫？」

「…たぶん」

「水、もらっとく？」

身体は熱くなっているが、それがアルコールのせいなのかどうかよくわからない。

とりあえず小さく頷いて、水をお願いした。

「中和しとけば…」

「そうそう」

二人に云われるままに、水を飲む。そこに宇柳が戻ってきた。

「どした？」

「カナタが間違えて先生のお酒を…」

「すみません…」

半分近く飲んでしまった。

「それはいいけど…、大丈夫？」

「大丈夫です」

そのときは身体が熱いだけだったので、そう答えた。

「大吟醸は見た目水みたいだからねえ」

「口当たりよくて…。美味しかったです」

実際そう感じたのだが、五分とたたないうちに視界がぼんやりしてきた。

「カナタ、まだ食べる？」

「あ、いえ。もうお腹いっぱいで…」

早瀬たちは追加を注文している。

「んじゃ、お茶淹れなおしてもらおっか」

それに適当に頷くが、彼らが最後に握ってもらったものが出てくる頃には、奏は目をしょぼつかせて起きてるのがやっとだった。

「あれ…、カナタ寝ちゃってる？」

いえ大丈夫ですから。寝てませんから…、そう云いたかったが、抗い難いほどの睡魔に引き込まれていってしまう。

どのくらいそうしていたのか、皆は帰り支度を済ませていて、早瀬に遠慮がちに肩を揺すられた。

「あ、すみません。大丈夫です…」

慌てて立ち上がると、まだぐらっと身体がふらついて、それを宇柳が支える。

「歩ける？」

「すみません…」

頷きながら、ぺこぺこ頭を下げた。

店が呼んでくれたタクシーが通りで待っていて、宇柳はとりあえず奏を奥に押し込んだ。

「気持ち悪いとかは？」

「大丈夫、です」

そう云う奏に、宇柳はシートにかかっているエチケット袋を奏に渡した。

「やばそうなら、これ使うんだよ」

袋を持たされて、奏は小さく頷くと、もぞもぞとシートベルトを着けた。


運転手に断って、宇柳は一旦車を降りた。

「カナタ、大丈夫かな…」

「住所、聞いてる？」

「いえ。電車で通ってるって云ってたけど、何線だっけ？」

「いや、俺は全然」

宇柳は仕方なさそうに溜め息を吐く。

「まあ本人に聞くか。とりあえず送ってくよ。きみらも乗る？」

「や、ここからなら地下鉄で一本なんで。駅もわりと近いし」

二人は待ってるあいだに、帰りのルートをスマホでチェック済みのようだった。

「それじゃ、先生よろしく」

「ご馳走様でした」

二人から同時に頭を下げられて、宇柳は車に戻った。

「すみません、待たせちゃって…」

運転手にそう云いながら乗り込むと、奏は既にスヤスヤと寝息をたてている。

「カナタ、家どこだっけ？」

話しかけても答えがない。

「ま、いっか」

宇柳は肩を竦めると、運転手に行先を告げた。

十五分くらいの距離だったが、さすがに帰国したばかりの宇柳自身も、気づいたらうたた寝してしまっていた。

目的地に近づいて宇柳は目を覚ましたが、奏は窓に凭《もた》れかかるように丸まっていた。

「やっぱ仔猫だ」

宇柳は笑みを漏らして、そんな奏の寝顔を写メる。

到着したときも声をかけてみたが一向に起きる気配がない。

「申し訳ないけど、反対側のドア開けてもらえますか？」

運転手は充分すぎるほどのチップに気を良くしてか、車を降りてドアを開けてくれた。

ドアに凭れかかっていた奏は支えがなくなって、そのままずるりと崩れる。

「かなたー、歩ける？」

「あ、はい…、大丈夫です」

応えてはいるものの目は開いてない。何とか自分で立ち上がっているが、まだ半分寝ているようだ。

「困った子だなあ」

苦笑しながらもどこか楽しそうだ。

エントランスを抜けると、セキュリティ兼コンシェルジュが気づいて、預かっているスーツケースや宅配便を持ってきてくれた。

「…お部屋まで運びましょうか？」

出張中に届いた荷物がいくつかあったので、奏を抱えながらはとうてい無理そうだ。

宇柳はコンシェルジュに手伝ってもらって、荷物も奏も部屋まで運び入れた。

「ではお休みなさいませ」

「ありがとう。お休み」

宇柳は返してドアを閉めると、玄関でがくりとうずくまって寝ている奏を見て苦笑する。

「どうすっかな……」

とりあえず靴を脱がせると、抱き上げてリビングまで運んだ。

まるで起きる気配がなくて、そのままソファに寝かせる。

宇柳が酔い潰れた学生を家に連れ帰ることはない。セクハラ、パワハラ、教職者は加害者側であると同時に、ねつ造被害者にもなり得る。なまじ宇柳のようにスペックが高いと、学生から言い寄ってくることは珍しいことではない。そういう相手に、宇柳が隙を見せることは一切ない。

とはいえ、奏は自分が担当する学生ではないし、仮にハメるつもりならのってやるのもおもしろいかもしれない。

しかし目の前で寝ている坂藤奏は、そういう計算高いタイプではなく見たまんまの育ちのいい大学生だろう。

どうしても起こしたいのなら、顔に水滴をかけるとか鼻を塞ぐとか、方法はある。が、宇柳が敢《あ》えてそうまでしないのは、この状況を楽しんでいるからだ。

とりあえずは様子見かな。そう思って、宇柳はシャワーを浴びる。

出張中は予定を詰め込んでいるせいで睡眠が短くなりがちだし、帰りのフライトでもほぼ仕事をしていたので、三十時間近く寝ていない。宇柳は体力はある方だし徹夜も慣れていたが、さっきの店での大量の飲酒も手伝ってさすがに電池は切れかけていた。

予定では空港から直帰のつもりだったのだが、論文の進捗状態が気になる学生が何人かいたので、とりあえずラボに顔を出そうと思ったら、そこに奏がいたので予定を変更してしまったのだ。

実は今回の出張は、大学関係の要件は一件だけで、それ以外はべつの事情だった。

宇柳は、留学時代の同級生が興した会社の社外役員になっていて、その役員会に出席するのが主な目的だった。

起業のときから関わっていて、祖父から譲り受けた生前贈与の一部を使って運転資金を出資してもいる。

創始者のアイザックからアイディアを打ち明けられたときに成功するだろうとは思ったが、宇柳が予想する以上に急成長して、五年目になる今は莫大な利益を生み出し、宇柳の口座にも相当な額の株の配当金が振り込まれている。

アイザックからの強い要望で顧問を引き受けることにしたのだが、年に二度の役員会には必ず出席することが求められることになった。しかもその会議の前後には幹部やその関係者との会食がいくつもセッティングされているため、リモート参加はＮＧである。

宇柳は社交は苦手ではないし、人脈が広がるのは歓迎すべきことなのでとりあえず受け入れているが、今のように本業が切羽詰まってくると煩わしくもある。

それでも断るともっと面倒なことになるので、できるだけ予定を詰めて滞在時間を短くすることで何とか対処したのだ。

アイザックは宇柳に鬱陶しいほどの愛情と友情を向けていて、宇柳が山上のオファーを受けて帰国することを告げたときは大反対され、しつこいほどの説得を受けた。最後は諦めてくれたが、そのくらい宇柳に対する愛情は濃い。

アイザックは宇柳同様クラス上位のアルファ男で、二歳年上の妻を誰よりも大事にしている愛妻家だが、十歳も年下の宇柳にも一方《ひとかた》ならぬ執着を持っているのだ。本業が忙しいからといって宇柳が会議をキャンセルしたら、山上ラボごと燃やしかねない。

とはいえ、宇柳はべつにアイザックが嫌いなわけではない。彼の才能を認めているし、尊敬もしている。関係を続けるに値する人物だとは思っているが、まあ鬱陶しいときもあるのも確かなので、そこは仕方ない。

そういえば、正月を日本で過ごしてみたいとか云っていたので、本気でそれを実行されたらとてつもなく面倒なことになるなと思ったが、いつもの思い付きなだけだろうとそれ以上考えるのはやめて、シャワーを止めた。

濡れた髪を拭きながらリビングに戻ると、奏はまだソファで丸まって寝ていた。

そんな姿を見るだけで、出張中の面倒くさいことが頭から剥《は》がれて、ほっこりした気分になって自然と顔が緩んだ。

「ますます仔猫だな…」

ついにやけてしまう。

「ほんと、無防備すぎるよ」

スヤスヤと寝息をたてていて、宇柳が近づいてもまるで気づかない。

「…犯しちゃうぞ……」

ぼそっと云うと、頬を指で突く。

「う…ん……」

少し煩わしそうに、宇柳の指を丸めた手で押し退ける。その仕草がまんま仔猫で、宇柳の口元が緩んだ。

「可愛いねえ…」

頭をぐりぐりして、ふわふわの髪ごと食べてしまいたくなる。

が、さすがにそれはやめて、予備のマットレスを出してシーツを敷いてやった。

「そのままだと、服がくしゃくしゃになるぞ」

そう云ってはみたが、奏には届いていないようだ。

仕方なく服を脱がせて、自分のTシャツを着せた。半袖なのだが、奏に着せると七分袖くらいになる。

「拾った仔猫はちゃんとお世話しないとね…」

ペットボトルの水とグラスをテーブルの上に置いておく。

空調を調整して、薄い布団をかぶせてやった。

「おやすみ」

髪にちゅっとキスをして、照明を落とした。


ブラインドから漏れる日差しで、奏はうとうとしていた。

なんだか、身体が熱い…し、だるい…。

なかなか脳が覚醒しないせいで、状況が掴めない。

あれ…、なんかこれ…。発情期始まりそうな…。

え、なんで…。ていうか……。

ようやっと目が開いて、最初に見えたのは何かの、脚…？　あ、脚って…？

慌てて身体を起こす。

見えたのはどうやらテーブルの脚のようだ。

こ、ここ、…どこ？

立ち上がろうとして、強い眩暈で天井が歪む。ふらついたときにテーブルの脚に躓いてしまって、盛大に転んだ。

「いたぁ……」

打ったところを撫《な》でながら、それでも一番近い記憶を必死で辿《たど》る。

お鮨屋さんで…、宇柳先生たちと…。そのあとは…？

いやそれより、これ…、薬飲まないと。そう思って自分のリュックを探す。

「な、ない…。どこ？」

焦っていると、ドアが開いて眠そうな宇柳が入ってきた。

「おはよー。すごい音してたけど、どうした？」

「せ、せんせい…？」

頭を掻いていた宇柳の手が止まった。

「なに…、この匂い…」

奏はどきっとした。

「やべ…。これって……」

露骨に眉を寄せて奏を見る。

寝乱れた髪に、明らかにサイズの大きい所謂《いわゆる》彼シャツ、そして生足。

昨夜自分が着せたとはいえ、こんな格好でオメガのフェロモンを撒《ま》き散らされたら、もう食っちゃってくださいって以外ないではないか。

宇柳は本能に抗えずに、ふらふらと奏に近寄っていった。

「なにそれ…、誘ってる？」

「え……」

戸惑う表情が殊《こと》の外《ほか》可愛くて、宇柳は抑えがきかなかった。

奏の片腕を掴むと、いきなり口づけた。

奏はされるがままにそれを受け入れていた。ずっと気になっていた宇柳の体臭をもろに嗅いで、抵抗するより先に頭の一部が麻痺したように働かなくなる。

貪るようなキスに、奏は呑みこまれた。

舌が入り込んできて、奏の舌を捕らえる。からみつかせて、追い込まれる。

頭の芯まで痺《しび》れて、奏は立っているのがやっとだった。

「あ…、あっ……」

初めて経験するキスなのに、奪われるように情熱的で、思考が追い付かない。

宇柳の手がシャツの裾から入ってきて、裸の腰を撫でられる。

びくりと大きく震えた瞬間、宇柳のスマホから通知音がした。

二人の動きが同時に止まる。

「あ…ぶ、ねえ…」

我に返ったのは宇柳が先だった。

奏から離れると、急いで窓を開けに行く。

「うっかりヤっちゃうとこだったよ」

濡れた唇を手の甲で拭うと、外気を大きく吸い込んだ。

そして送信されてきた内容に目を落としながら、奏に問いかける。

「…薬、飲んでないの？　発情期だよね…」

その言葉に、奏もようやく現実に戻る。

「ち、違……」

否定しかけてやめる。発情期までまだ数日あるはずだけど、でも確かに発情してる。そして薬は…。

「ぼ、僕のリュック……！　リュック、どこに……」

「リュック？」

「薬がリュックに……。昨日飲み忘れたから……」

奏のピルは避妊と発情抑止の両方の効果があって、避妊は一度や二度忘れてもすぐに服用すれば効果は継続する。が、抑止効果に関しては効果は一日しか続かない。服用後三十時間くらいで効果はほぼなくなると聞いている。

薬は就寝前に飲むようにしているが、昨日飲み忘れたということは明け方には効果は切れているだろう。

それでも、予備の薬はいつも持ち歩いているし、万一のときのための抑制剤のエピペンも携帯して……。が、それは鞄に入れてあるわけで……。

「……僕は知らないけど」

「え、そんな……」

ややパニックぎみの奏に、宇柳は自分の携帯の画面を見せた。

「もしかして、これきみの？」

離れていて見にくいが、リュックが映っているようだった。

「昨日の店からメールきてて、お忘れ物だと思います、って……」

慌てて何度も頷く。

「夜のうちにメール入ってたみたい。僕もすぐに寝ちゃったから…」

リュックごと店に置き忘れるとは…。

そのあたりのことは、奏はほぼ記憶がない。なんという醜態…。

「お店、夕方からしか開かないって」

「夕方って、今何時…？」

急に思い出したように時計を探す。

「く、九時…！　一限から授業が…！」

「いやいや、落ち着いて。今店開くの夕方って云ったよね」

「あ……」

がくりと力が抜ける。

「とりあえずシャワー浴びてくれる？　そんな匂い撒き散らかされたら、こっちもやばくてさ」

窓の外に顔を向けながら云う。

奏は首まで赤くなった。

「す、すみません。すぐに失礼します…！」

慌ててハンガーに吊るされた自分のシャツを掴む。

「どうやって帰るつもり？　ケータイも財布もないんでしょ。ていうか、あっても地下鉄でフェロモン撒き散らしちゃダメだって」

「そ、それは……」

奏は泣きたくなってきた。まだ身体の奥で何かが燻《くすぶ》っている。それを薬なしでどうやって収められるのかわからない。

いや、違う。奏はわかっていた。本能的に知っているのだ。

でも、だからこそ早く逃げ出したいのだ。

「とりあえずシャワー浴びて。バスルーム、右側のドア」

「…すみません」

奏は自分のシャツとパンツを握りしめる。

「タオル、出しておくから」

「…はい」

情けなくて泣き出したくなる。

バスルームに入って冷たいシャワーを浴びると、少しだけ熱が収まってきた。

ほっとして、ボディソープをつけて身体を洗い出す。

「あ、この匂い…」

このソープの匂いは宇柳の体臭に混ざっていた。その匂いを思い出すと同時に、また身体が熱くなってくる。

「バカ…」

呟いてまたシャワーを頭から被る。が、暫く待っても収まらない。

違うことを考えようとしても、今しがたのキスがリアルに蘇ってくる。深呼吸して落ち着こうとしても、下半身がさっき以上に疼《うず》いているのだ。

まずい、これはまずいよ…。

目を閉じて、シャワーを浴びながらペニスを握った。

オナニーは布団の中でしかやったことがないが、そんなこと云ってる場合ではない。鏡を見ないようにして、ペニスを扱《しご》く。

「は、ぁ……っ…」

熱い息を吐いて、屹立《きつりつ》したものを何度も扱いた。

ほどなく射精したものの、いつものようなスッキリ感がない。…どころか、奥がまだ疼いているのがわかる。

それでも、たぶんさっきよりはマシなはずだ。

シャワーを浴び終えて昨夜のシャツに着替えると、リビングで普段着に着替えた宇柳がコーヒーを飲みながらケータイを見ていた。

「あの…、ありがとうございました」

深々と頭を下げる。

「んじゃ、車で送るね」

立ち上がる。

「い、いえ。タクシー呼びます。先生も授業が…」

「僕は今日は休み入れてたから大丈夫」

「…お休みなのにご迷惑かけてしまって……」

宇柳は昨日帰国したばかりなので、今日はゆっくり休むつもりだったのだろう。それなのに邪魔をしてしまって、申し訳なさすぎる。

「それよりタクシーはまずいんじゃないかなあ。密室になるでしょ」

「あ、大丈夫です。女性ドライバーを配車してくれるサービスがあるんです。そこに登録してるので…」

「へえ、そういうのもあるんだね」

「はい、ですから…」

云いながら、はっと気づく。

「あ…、ケータイ…」

そのサービスには登録が必要で、男性はオメガしか利用はできない。それを思い出して、再度がくりと肩を落とした。

「あの、すみません…」

申し訳なさそうに自分を見上げる奏を見て、宇柳は安心させるように微笑んだ。

「いいよ。送るつもりだったからさ」

その笑顔を見て、奏の中の何かが熱を帯びる。

「連れてきたの、こっちだしね。こっちにその気がないなら、最初っからハヤトたちに押し付けてる」

どこか悪巧みを含んだ笑みが口元に広がった。それに奏は引き寄せられて、フェロモンが溢れ出した。

「ちょ……」

宇柳はもろにそれを吸ってしまって、片目をきつく瞑《つむ》った。

奏のフェロモンにあてられた宇柳の体臭が僅かに濃くなったのを、敏感になっている奏は容易に嗅ぎ分けた。

それは体臭というよりは、ヒート状態になりつつある、宇柳のフェロモンだった。

やばい、捕まる…。

ダメだと思いつつも、奏はその匂いを更に嗅いでしまう。身体の中心が疼いて、後ろが濡れ始める。

「な、なんで……」

いきなりこんなふうになってしまうなんて。

「さっき…、出したばっかなのに……」

無意識に呟いた言葉に、宇柳が苦笑する。

「そうやって挑発すんなって…」

やや声が掠れていて、それがよけいに奏に火をつける。

さっき慰めたのとは違うところが、もっと奥が…、疼いて溢れてくる。

立ってられなくて、がくっと膝をつく。

「あぶな……」

慌てて駆け寄る宇柳を、泣きそうな顔で見上げた。くりっとした目は不安そうに細められて、形のいい眉も寄せられる。

「ど、どうしたら…」

震える声で懇願されて、宇柳には我慢の限界だった。

熱っぽい息と、困惑する潤んだ目と、そしてきついほどのフェロモン。

「こっちが聞きたい」

宇柳はそう云ってごまかした。

しかし、奏は苦しそうに息を吐くと、うっすらと涙を浮かべて宇柳にしがみついてしまった。

「せ、せんせぇ…」

宇柳は、屈《かが》みこむと、再び奏に口づけていた。

さっきよりも、更に激しく唇を吸う。奏のフェロモンが更に濃くなる。

そして、じれたように腰を捩《よじ》る奏のパンツのファスナーを下ろした。

「バスルームで抜いたって？」

揶揄《からか》うように云って、勃起《ぼっき》しているペニスに触れた。

「もうこんななってるよ…」

「あ……」

他人の手に触れられて、奏はびくりと全身を震わせた。

「でも、それだけじゃ足りないわけだ」

そう云うと、パンツを一気に膝のあたりまで下げた。

片手でペニスを扱きながら、もう一方の手を奏の後ろに回す。そこは滴《したた》らんばかりに濡れていて、這《は》わせた宇柳の指を濡らした。

「すごいね。滴ってる…」

指が埋まる。そこは拒むどころか、待ち構えてでもいるようにそれを迎え入れた。

「やっぱ、オメガちゃんってこうなの？　きゅうきゅうに締め付けてくるんだけど」

くすくす笑いながら意地悪を云う。しかし逆にそれが宇柳の余裕のなさも物語っている。

手でイかせてやって落ち着かせようと思っていたのに、こんなふうに無防備にしがみつかれて、完全に臨戦態勢になっていたのだ。

宇柳は指を一旦引き抜くと、更に指を増やして中を刺激する。

「あ、あ…っ、あ……」

数回、指を出し入れされただけで、奏は呆気なく射精してしまった。

それでもまだ収まっていないのは明らかだ。

宇柳は奏を四つん這いにさせて、入り口を指でなぞる。

「まだひくついてる…」

薬のない状態で発情してしまうと、簡単に収まるはずがないのだ。

ひくつくそこを弄《いじ》りながら、耳たぶを齧《かじ》った。

「どうしよ？」

そんなこと云われて、奏にはどうすればいいかわかるはずもない。

内腿に熱いものが押し付けられて、全身が震えてしまう。どういうことかはわかっていて、怖さも当然あったが、それ以上に奏はただただ、この熱をなんとかしてほしかったのだ。

奏が抵抗しないのを見て、宇柳は入り口を先端で擦《こす》った。

「ん……っ…」

くぷくぷとはしたないくらいに、そこは彼を欲しがっている。

「…可愛い。ほんと、たまんねえ……」

熱い息が奏の耳にかかる。

「息吐いて、力抜いて…」

云われるままにゆっくりと息を吐く。そこが緩んで、宇柳の先がずぷりと入り込んできた。

「あ、…あ、っ！」

充分に濡れていたが、それでも強い異物感に奏は全身を緊張させてしまう。

「ちょ…きつ、い、から……」

片目を閉じて、自分の唇を舐めた。そして、後ろから奏の唇に指を這わせる。

「そんな、食いしばるなって…」

「や…、く、るし……」

「大丈夫。中ぬるぬるだから。ほら、ゆっくり深呼吸しよっか？」

優しくあやすように囁《ささや》く。

「じっとしてるから。大丈夫」

動きをとめて、髪を撫でる。

奏はきゅっと目を閉じて、僅かに緊張を解いた。

宇柳が約束どおり動かないでいてくれたので、ゆっくり息をしてみる。すると後ろが緩んで少し楽になる。

「あ……」

もう一度今度は深呼吸をすると、呑みこまれたように宇柳のものが深く押し入ってきた。

違和感よりも快感の方がずっと強くて、奏の中はそれを拒まなかった。

「あ、んん…っ…」

仔猫のような甘えた声を上げて、奏の内壁が宇柳のペニスにからみつく。

「んっ…、これ、やべ……」

初めてなのに、身体だけはアルファを受け入れることを知っている。アルファにとってはそのアンバランスさがたまらない。

奏はパニックになりそうなほどこの状況に戸惑っているのに、そこはアルファを欲しがってしまう。自分ではどうしようもなくて、怖くて、でも拒めなくて。

そんな奏の戸惑いを彼自身のフェロモンが雄弁に物語っている。

宇柳は奏をあやすように、彼のペニスに手を添えて優しく愛撫する。

「こっちも、反り返ってるね」

先端をぐりぐりと弄る。

「あ、……ん…」

気持ちよくて、腰をもぞもぞさせてしまう。

宇柳は耳の下を舐めると、奏の匂いをいっぱいに吸い込む。

「すご、この匂い、たまんない」

熱く囁いて、奏の中に埋めたペニスをゆっくりと引き抜く。

ぎりぎりまで抜くと、それを逃すまいと無意識の奏のそこが締まった。

宇柳は口元に笑みを浮かべると、そのまま一気に奥まで貫いた。

「あ、あああっ……!」

そこは奥まで緩んで宇柳の侵入を許し、ややきつく吸い付くように宇柳の怒張したペニスを締め付ける。

ゆっくりと腰を引くと、奏の内壁はうねるようの宇柳のものにからみついてくる。

「や、……ば……」

宇柳は、快感のあまり一瞬持っていかれそうになって、らしくなく慌てた。

「どうなってんだ…」

これ、所謂名器ってやつじゃ…。

宇柳は呑み込まれないように、深く息を吸った。

溢れるほどの愛液で滑りやすくなっているのに、蠢くような内壁が宇柳の肉にきついくらいにからみついてくるのだ。

奏の狭いはずのそこは、宇柳の形にいっぱいに拡がって、宇柳の動きに合わせて緩んだり開いたりしてお互いの快感を煽る。

宇柳のペニスが善い場所を擦ると、奏の唇から甘い声が漏れて、フェロモンも更に濃さを増していく。そしてそれに影響された宇柳の匂いも、奏を捉えて離さなくなる。

互いのフェロモンがお互いを惑わす。

ヒート状態の宇柳の匂いに影響された奏の背中が跳ねた途端に、一層フェロモンが濃厚になって、宇柳はくらりと眩暈がした。次の瞬間、晒されたうなじに噛み付きたい、そんな強い衝動に襲われる。

馬乗りになって、奏の首を引き寄せた。

「や……」

自分が何をされようとしているのかわかっていない奏だったが、目はどこか怯えて見えて、唇が震えていた。

宇柳は自分がしようとしていることに気づいて、慌てて身体を離す。

「あぶねー…」

宇柳は既《すんで》のところでそれを回避した。

なるほどこれがオメガのフェロモンかと納得する。

「強烈だな…」

苦笑して、ゆっくりと息を吐く。

十代のときでも、セックスで自分を見失うような状態になったことがない。

宇柳はいつもどこか冷めたところがあった。それだけに、本能のままに呑みこまれたい気持ちに不意に襲われる。それでもさすがに宇柳の理性がそれを押しとどめた。

彼は自分のことをそれほど誠実だとは思ってないし、付き合うつもりのない相手とセックスだけを楽しむことを問題だとも思っていない。それでも、相手の人生に責任を持つつもりもないくせに己の欲望を優先させるなんてことは、人として軽蔑に値する程度の認識は持っている。

しかも、奏は殆ど自我を手放してしまって本能のままに宇柳を求めているのだ。自分までもがそれに流されるわけにはいかないだろう。

とりあえず今日のところは、自分の中で踏み越えてはいけない線を設ける。流されないように、それでも思うさま奏を貪った。


「さすがに、キリがないな」

宇柳は苦笑すると、奏を解放した。

ぐったりした奏は既に体力の限界を超えていたらしく、宇柳の匂いのするベッドで寝息をたてている。

「それにしても、すぐに寝る子だなあ」

髪を指で弄んで、寝顔を撮る。

「ま、仔猫ってこんな感じかな」

ベッドを離れると、シャワーを浴びた。

オメガとは奏が初めてだったが、噂以上に衝撃的だった。フェロモンのせいなのかオメガの身体の構造のせいなのか、ちょっとない体験だった。

宇柳は、自分から誘うときは自分に気がありそうな相手にしか声をかけないので、これまで振られたことはないし、その経験が特によかったとしてもまた誘いたいと積極的に思うことはなかった。

それでも相手が積極的だったりタイミングが合ったりで、それで暫く付き合う流れになることもあったが、それでも長くは続かない。というか、最初から長く続ける気がないのだ。

それが、奏に対しては何か違うようだ。奏に対してというか、オメガに対してなのかもしれないが…。

とりあえず、飽きるまでしゃぶり尽くしたい。そんな感情に、宇柳は僅かに眉を寄せた。

シャワーを浴び終えると、少し考えて昨日の店にメールを入れる。

「メシ、どうすっかな」

冷蔵庫にはビールとワインと水以外、何も入っていない。自炊はほぼしないので、食材はチーズくらいだが、それも切れている。冷凍庫に古い食パンが入っていたが、いつ買ったのかすら忘れているものだったので、黙ってゴミ箱に投入した。

デリバリーでもいいのだが、せっかくの休みなのでもう少しマシな食事がしたい。でも遠出は面倒臭い。そういうときにいつも行く店があった。

奏は起こすのも可哀想なくらい爆睡していたので、メモを残して部屋を出た。

マンションのエントランスを出て歩いて二分くらいのところにある店だ。

「宇柳さん、ご機嫌ですね」

顔馴染みのスタッフがテーブルに案内してくれる。

「んー、まあね。可愛い仔猫を拾ったんだ」

「えー、宇柳さんが仔猫？　それって子ネコちゃんってやつでしょ。もう悪い人だなあ」

「なんでそうなんの？」

そう返してみるが、実際そのとおりではないか。

「宇柳さんにペットのお世話とか無理そう。一週間くらい戻らなくて、飢え死にさせちゃうタイプ」

図星すぎて、云い返せない。

仕事に集中すると、研究室で徹夜とか、そのまま出張とかよくあるのだ。

「今週はトリュフウィークです。それも白トリュフ。贅沢でしょ？」

カフェといってもそこそこ本格的なイタリアンを出す店だ。

「ご希望に合わせて、サラダにもパスタにもなんにでもかけちゃいますよ」

宇柳は苦笑して、日替わりのランチをトリュフ付きで頼む。

「今日はワインはなしですか？」

「このあと車出すから」

「そうですか。宇柳さんにお薦めしたいワインがあるので、次は是非」

「それは楽しみだよ」

高級住宅街にある店なので、ランチの客層も近所に住む品のいい老夫婦やマダムたちが殆どで、皆優雅に昼からワインを楽しんでいる。

宇柳もスマホでメールをチェックしながら、前菜を食べる。

そうこうしていると、昨日の店から返信が届いた。

無理を承知で少しでも早く奏の鞄を何とかしてもらえないか頼んでみたところ、テナントの管理会社の担当者が奏のリュックを回収してくれるという。それを飲食店と提携している某配達員が宇柳のマンションまで届けてくれることになった。

お金さえ出せば、たいていの便宜は図ってもらえるのが、都会のいいところだ。とはいえ、昨夜の店が宇柳の行きつけでなければ、さすがに時間外のことまではお願いできないだろうが。

本音を云えば、薬など飲ませずにこのまま発情期が終わるまで奏を拉致《らち》して、骨までしゃぶりたい気持ちはあった。しかし彼の属するアカデミアな世界では、そういう雄の本能を抑制できないアルファは侮蔑の対象となる。そしてそれを逸脱することの面倒さを、宇柳はよく理解していた。

「それに…、さすがに可哀想だしね」

独り言を云って、ふっと笑う。

食事を終えてマンションに戻ると、レセプションには既に荷物が届いていた。

透明な袋に入ってしっかり封がされていて、管理会社のシールが貼られていた。

礼を云って部屋に戻るが、奏はまだ眠っていた。

「かーなた、鞄届いたよ」

丸まって寝ている奏に声をかけると、うーんと寝返りをうつと、また丸まった。

「かーわいい」

髪を指でぐりぐりと弄《いじ》る。

「そんな可愛いことしてたら、また襲うぞ」

云いながら、奏のうなじをべろりと舐めた。

「……！」

奏は弾かれたように飛び起きたが、全裸だったことに気づいて慌ててシーツを引き寄せた。

「ほら、鞄」

床に置いたリュックを指さす。

「え……」

「薬、飲むんだろ？　お水、そこ」

サイドテーブルにはペットボトルが置かれていた。

「ご飯もあるよー。サンドイッチ作ってもらった」

「ご飯…」

そう云うと同時に、奏のお腹がぐうと鳴った。

宇柳が微笑むと、奏の頬がみるみる真っ赤になった。

「コーヒー淹れるから、リビングおいで」

「……」

宇柳は困惑する奏を置いて、寝室を出ていく。

奏は、急いでリュックを袋から取り出して薬を探した。

「あった…」

ピルケースから一錠取り出すと、慌てて飲んだ。水なしで飲めるものだが、喉も渇いていたので、ペットボトルの水を飲み干した。

少しほっとして、壁にかかっている自分のシャツを着た。少し皺になってはいるが、気になるほどではない。

ただ、薬が効いてくるのにどのくらいかかるのかがはっきりしない。即効性の抑制剤もあるので使った方がいいんだろうか。

そういうことに陥ったことがないので、よくわからなくて、調べてみようとスマホを取り出したが、充電切れだった。

充電させてもらおうか…。いや、それよりもさっさとここを出た方が…。

身なりを整えて、おずおずとリビングのドアを開けた。

「…あの、いろいろすみませんでした」

恥ずかしくて宇柳の顔を見られない。

「薬、飲めた？」

「…はい。あの、僕これで……」

「そう？　それじゃあ車出すよ」

立ち上がろうとする宇柳に、奏は慌てて止めた。

「いえ、大丈夫です！」

視線を外したまま返すと、深々と頭を下げた。

「お世話になりました」

急いで玄関に向かう。その背中に、宇柳の声が追いかけた。

「カナタ！」

奏は固まったが、振り返れなかった。

「サンドイッチ！」

もたもたと靴を履いていると、後ろから袋が差し出された。

「い、いえ……」

「持って帰ってよ。僕はもう食べてきたんだ」

そう云われると断れなくて、深々と頭を下げて袋を受け取った。

「無事に家に着いたらチャット入れて？」

「…はい」

「薬効かないとかだったら、いつでも呼んでくれていいから」

まさか…、小さく首を振る。

スニーカーの紐も結ばずに廊下に出た。

なんなの、今の。数時間前のことが脳裏に蘇ってきて、身体が熱くなる。

「だめだめ…」

真っ赤になって頭を振ると、スプレー式の抑制剤を鼻から吸引して深く吸い込んだ。

奏が処方してもらっている抑制剤はピル以外にもいくつかあって、点鼻薬はピルだけでは不安なときに使う。即効性はあるが、発情してしまったものを抑えるほど強い効果はない。そういうときは、注射を使うしかない。細いスティック型の自己注射で、皮下に突き刺して液を押し出すのだが、奏はまだ使ったことがない。頭痛などの副作用もままあるので、発情してしまってどうにもならなくなったときだけ使うように云われていた。

マンションを出て暫くあたりを歩いていると、比較的車の多い通りに出た。

何とか空車のタクシーが見つかって、無事に自分のマンションに辿り着いた。

昨日の朝ここを出たときには、こんなふうに帰宅するなんて想像もしてなかった。

なにが、いったいどうしてああなっちゃったんだろう。

変な汗が出て来て、奏はまたシャワーを浴びた。

「あ…そだ。ケータイ…」

思い出してケータイを充電器に繋ぐと、深い溜め息をついた。

無事に帰宅したことを送ると、暫くして宇柳からも短いメッセージが届いた。

『またいつでもボランティア来てね』

それを見て、奏はふるふると首を振る。

「いや、行けるわけないでしょ…」

宇柳にとってはよくあることなのかもしれないが、奏には何もかも初めてだったのに。

べつに、恋愛に夢を抱いているわけじゃない。それでも初めての経験がこんなことになるなんて、自分でもまだ現実味がなさすぎるのだ。

しかしひとつだけわかっていることがある。

それは、宇柳がアルファで自分がオメガだったからということだ。つまり、自分のフェロモンが宇柳をその気にさせたのだ。アルファはオメガのフェロモンには逆らえないから。そうなると、ただ動物的な本能のみが支配する。宇柳はそれに抗えなかっただけなのだ。

そういうことは発情前にレクチャーを受けていて、奏も頭では理解していた。だからオメガは自分を守らないといけない。フェロモンを利用することも、利用されることも、オメガには不幸なことなのだと。

そんなこと、とっくにわかっているつもりでいたが、フェロモンに支配されるということがどういうことなのか、実は殆ど理解できていなかった。

これほどまでに、自分ではどうしようもないくらい苦しいほど飢えて渇望してしまうのだということが。

奏が宇柳のことを意識していたのは確かだが、だからこそ宇柳が自分とああなったことに深い意味はないことはショックだったし、今の奏には現状を受け入れることは困難だった。

発情期が終わるまで、奏はいつも以上に用心深く講義が終わったら真っ直ぐに帰宅するようにしたこともあって、その後は平穏に時間は過ぎた。

ピルはいつも通りに効いていたし、万一の抑制剤ももちろん携帯していたが、幸いなことに出番はなかった。

宇柳からは一度メールが届いただけで、それに素っ気ない返信をしたせいなのか、ともかくその後の連絡はなかった。

発情期が終わっても、ボランティアに顔を出す気にはなれなかった。

宇柳にもう一度会いたい気持ちと、会ったら会ったでもっとまずいことになりそうで、ここは理性的に行動しなければと思っていた。

それで、山上ラボのグループチャットからの通知は切ってしまった。

早瀬たちとも、学部が違うので同じ大学内でも会うことは先《ま》ずない。

そうやって、あの日から二週間以上たっていた。

午前の講義が終わって図書館に向かっているときに、早瀬からメールがあった。

タイトルが「皆様にお願い」とある。ボランティアに登録している全員に宛てた一斉メールだった。

廊下で立ち止まって、急いでメールを開いた。

『今月末の与党内会議に使用するデータ作成にあたって、人手が不足しています。もし都合がつくようでしたら、何とか力を貸していただけませんでしょうか』

バイト料も出せるように準備していると書き添えられていた。

「与党内会議？」

国会議員、もしくは官僚からの依頼なのだろうか。

状況はよくわからないが、こんな形の依頼がくるなんてことはよほど切羽詰まっているのだろうと思って、奏はすぐに返信した。

『今日から行けます』

奏は昼の講義が終わると、急いで山上ラボに向かった。

「あ、カナタくん、来てくれた！」

戸倉が奏を見つけると、早瀬を呼んでくれた。

「会議室を使わせてもらえることになったから、そっちにチーム作る」

なんで来なかったとか一切聞かれなかったのは、ありがたかった。

早瀬は奏を会議室に連れていく。二十人くらいは入りそうな部屋だった。

「今、設置始めたばっかりでさ。ここは終日使えることになってるから、その分快適空間にしておかないとな」

そう云って、必要なものを書いたメモを見せてくれた。

「あ、じゃあ僕が揃えましょうか」

その言葉を期待していたように、早瀬の顔がぱっと晴れた。

「頼める？」

「あ、はい」

「あと、新規で手伝ってくれる人も来るから、そういう人にやり方教えてもらえたら…」

「わかりました」

「助かる。カナタくん来てくれてよかったー」

頼りにしてもらえるのは嬉しい。早瀬はもっと高度なことができるので、奏は自分にもできるようなことは引き受けた方がいいと思ったのだ。

「一週間前から急に忙しくなっちゃってさ。宇柳先生もずっと霞《かすみ》が関《せき》に詰めてて…」

「霞が関？」

「官僚といろいろやり合ってるみたい。中心になってるのはもっと上の先生なんだけど、宇柳先生は独自の計算式から予測出すから、官僚を説得させるのに不可欠なんだよね」

なんかカッコいいと思ってしまって、奏はミーハーな自分が恥ずかしくなる。

「俺らも、先生から急に指令がくるから、なかなか気が抜けなくてさ」

「人が増えたら、ちょっと休めそうなのがありがたいよ」

どうやら、早瀬たちもラボに泊まりこんでいるらしい。

自分が宇柳を避けているあいだに、そんなことになっていたとは。

そのとき、ひょいと顔を覗かせた人物に、早瀬が声を上げた。

「あ、先生！」

奏も慌ててドアに視線を向けて、思わず目を見張った。スーツ着てる…。カッコいい…。

「会議室、使っていいって？」

「はい。事務局に交渉したら空けてくれて」

「そりゃよかった」

「それより先生、今日スーツなんですね」

奏が気になっていたことを、早瀬が指摘してくれた。法学部の教授の中にはスーツ着用者はそれなりにいるが、理系では珍しい。

宇柳のスーツはスタンダードなデザインだったが、生地と仕立てのよさは素人目にも何となくわかる。

「そうなんだ。大臣レクに呼ばれちゃってさ」

「大臣レク…！」

聞き耳をたてていた他の学生たちが騒然となる。

「吾郷《あずま》先生のお供だよ。先生の交渉術は勉強になるしね」

「なるほど。それで…」

「ネクタイくらいしてこいって吾郷先生に云われちゃってさ」

「でもよくお似合いで…」

「くれぐれも派手になりすぎないように、とも云われたし」

「さすが吾郷先生、よくわかっていらっしゃる」

戸倉が横から口を出す。

「僕だってTPOくらいはわきまえるってのに」

そう云うと、宇柳は奏を見つけてひらひらと手を振る。

「来てくれたんだ？」

宇柳のスーツ姿は初めてで、奏は思わず見入ってしまっていたのだが、はっと我に返る。

「ひ、暇だったんで…」

ぼうっと見入っていた自分が恥ずかしくて、ついつっけんどんに返してしまう。が、そんな態度をとりながらも顔が熱い。

「ありがとう。助かるよ」

宇柳はふっと目を細めると、優しく微笑む。それをもろに見てしまった奏は、どぎまぎして視線を外してしまった。

「それじゃあ、よろしくね」

部屋にいる全員に云うと、宇柳は会議室を出ていった。

「あれが宇柳透《とおる》かあ」

「カッコよかったねー。芸能人かと思った」

「アルファオーラ凄いよね」

初対面らしい学生たちが口々に噂する。

そうなのだ。この大学では一般の割合よりもアルファの比率は高いのだが、圧倒的なオーラを持つアルファはそうはいない。

それは当然のことで、人口比で考えてもアルファであることだけがそれほど希少なわけではないのだから、アルファだからといっても皆が特権階級とはならない。が、ときどき宇柳のような隠しようのないオーラを持つアルファもいる。

奏は両親や姉や従兄弟たちといったアルファに囲まれて育ち、小学校から名門私立校というやはりアルファ比率の突出して高い学校通っていたからこそ、宇柳の突出したオーラの強さはわかるつもりだ。

だから自分が彼に惹かれるのは必然なのだとも思っていた。宇柳のことをまだよく知らないのに、本能的に彼に引き寄せられてしまう。

奏は早瀬に報告しておくために研究室に入ると、宇柳がまだいた。机に腰掛けて、学生と話をしているところだった。

目が合いそうになって奏は慌てて視線を逸らすと、早瀬を探す。

いくつか確認をして会議室に戻ろうとすると、宇柳が自分に手招きをしている。

「カナタ、いいものあげる」

「…は?」

「いいから」

拒絶するのも子どもっぽすぎて、それでも眉を寄せながら近寄ってみると、宇柳はにこっと笑って奏を見る。

「手、出して」

「え?」

「ほら早く」

断れない雰囲気に、おずおずと片手を差し出す。

宇柳はそこに小さな包みを載せると、そっと手を握らせた。

「数足りないから、一人でこっそり食べて」

奏だけに聞こえるように、耳元に囁く。

じわりと奏は身体が熱くなってくる。

「なに…」

そう云おうとする声をかき消すように、秘書が宇柳に告げた。

「宇柳先生、車来たって、守衛さんから連絡ありました。急いでください」

それを聞いて宇柳は腰を浮かせる。

「へーい、んじゃ、行ってきまーす」

学生たちに手を振る。

そして、通りすがりに奏にもそっと声をかけた。

「またね」

奏は心臓を鷲掴《わしづか》みされたようだった。暫く動くこともできずに固まっていた。

それ以上に、そのあとに襲ってきた強い感情に自分で驚いた。

すぐにでも宇柳を追いかけて、あの広い背中に抱きついて、しがみついて、そして痛いほど強く抱きしめられたい。そしてあのときのようにキスをして…。

奏は慌ててその妄想を追い払う。そして、掌を開いて宇柳がくれたものを確かめた。

「これって…」

筍《たけのこ》のイラストのパッケージの小袋サイズのお菓子だった。

宇柳のことだから、てっきり手に入りにくい高級チョコレートとかそんなふうなものを期待してしまった自分に、奏は苦笑してしまう。

それでも、宇柳がいなくなってしまったことで、自分がこれほどまでに彼に会いたかったのかと思い知らされた。

しかし、そんなことを知ったところで、何もならない。

宇柳がまたねと云ったのは、ボランティアに参加することだろうし、自分が望んでいることではないだろう。

自分が望んでいることって…？

自分が、宇柳に、望んでいること？

奏はぶるっと震えた。

そんな決して叶えられないことを望んではいけない。

アルファがオメガを生涯の番《つがい》として選ぶことは稀《まれ》だ。稀だからこそ、そういう夢物語が受けるだけなのだ。

そもそもがアルファは支配層で、オメガがそういう夢物語に憧れるわけだが、逆にそんな幻想のせいでオメガはアルファの食い物にされる。

環境に恵まれている奏だって、アルファにいいように遊ばれるオメガの現実くらいは知っているし、だからこそ用心もしている。

哀しいことに、番の縛りを受けるのはオメガだけなのだ。アルファが番にしたオメガを捨てても何も困ることはない。それをいいことに、オメガ食いを勲章のように自慢するアルファだっている。

もちろん、多くの教養あるアルファはそんなアルファを軽蔑するしオメガを差別することもないが、だからといって自分の伴侶にオメガを選ぶことはあまりない。それは生活環境が違うせいで出会うことがないことが大きいが、理性的なアルファほどオメガのフェロモン下での本能剥《む》き出しの自分を直視できないからかもしれない。

オメガとカップルになるのは、男女関係なくアルファよりもむしろベータの方が多い。ベータの数が圧倒的に多いから当然といえば当然なのだが、今はたいてい薬で発情をコントロールできるから、そうなることの方が現実的でもある。

何より一般的にベータの多くはオメガに詳しくない。自分の相手がオメガだと知らないことだってある。

奏自身、相手をアルファだとかベータだとか気にしたことはないし、高校生のころにカッコいいなと少し気になっていた先輩がアルファだったのかベータだったのかも知らない。

憧れていたとしても離れたところから見ているだけで、単なる憧れの対象でしかなかった。

二十歳を過ぎてもそんな感じだったので、奏は自分は恋愛体質ではなく性的にも淡泊なのだと漠然と思っていた。

しかし、それはただ出会ってなかっただけなのだ。

出会う？

そう思った自分に奏は苦笑した。

まるで、宇柳が自分の相手みたいな云い方だと思ったからだ。

単にタイミングの問題だ。薬が切れたときに、そこにいたのがアルファである宇柳だっただけだ。

それでも、奏は既に宇柳に捕まってしまって、自分の本質を暴かれたのだ。

あんなふうに、自分が抑えられず、初めてなのに全身で受け入れて。欲しがって甘えて…。

奏は慌ててそれを打ち消した。あのときのことを思い出すだけで、冷静でいられなくなってしまう。けど彼に執着しても不幸なだけなのだ。少なくとも奏はそう思っていた。


奏は毎日授業のあと山上ラボに通っていたが、宇柳とすれ違うことすらなかった。

べつにそのためにボランティアに参加してるわけではないのだが、会えないことにがっかりしていることは、もう自分でも否定できなかった。

「カナタくん、お疲れ。もう終わる？」

最後まで残って会議室を片づけていると、戸倉が声をかけてくれた。

「はい。今日はけっこう進みました」

「助かるよー。これからみんなでラーメン行くけど、付き合わない？」

その誘いに奏は喜んで応じた。お腹はぺこぺこだったし、ラーメンは久しぶりだった。

戸倉の他に早瀬や他にも何人かの研究員が一緒で、大学に近いラーメン屋に皆で向かった。

「今日、宇柳先生来てた？」

戸倉が早瀬に聞く。宇柳の名前を聞くだけで、奏はどきっとしてしまう。

「来てただろ。今日は授業ある日だから」

「それがさー、待ってたんだけど来なかったたって」

「待ってたって、誰が」

「西脇《にしわき》。彼から卒論の相談されたんだけど、俺もわからなくて。やっぱ先生に聞くのがいいんじゃないかと思ってさ」

奏は早瀬の隣りの席で、彼らの話に聞き耳をたてる。

「メールしとけば？」

「そう云ったんだけど、なんか遠慮してるっぽい。先生忙しそうだしって云ってた」

「そんなん気にすることないよ。学生の指導のが優先順位は上でしょ。しかも卒論だろ?」

「だよな。俺から先生に云っとくか」

戸倉がスマホを取り出すのを見て、マキが口を挟む。

「子どもじゃないんだからさー、自分でやらせたら?」

「うーん、けど、俺も学部のときやっぱ云えなかった方だし」

「戸倉が?」

「皆がマキみたいに何でもズバズバ云えるわけじゃないんで。いらんことで遠慮しちゃったりとか、俺はけっこうあったから」

「そういうもんかなあ?」

この場では紅一点のマキは納得がいかないふうだが、男性群はうんうんと頷いている。奏にもそれは少し理解できた。自分が教授に質問をするときも、つまらないことを質問してるんじゃないかと気にする方だ。だからいつでもそれなりに勇気を出している。

「僕も最近は意識的にコミュニケーションを取るように頑張ってるけど、ちょっと前までは苦手だったな。そういう奴少なくないと思うよ」

「それに、中には俺らにも相談しないでどうしようか躊躇してる奴もいると思うんだ。ついでがあるならともかく、自分のために忙しい先生にわざわざ来てもらうなんて申し訳ないとか何とか…。そういうののフォローも俺らの仕事じゃね？」

「ま、確かに」

戸倉は早速宇柳宛てのメッセージを打つ。

彼らは先に出てきた熱々の餃子を突き始めた。

「宇柳センセ、ラボでは気さくな感じだけど、一人でいるときはオーラ強いしめちゃ声かけにくかったりするしなあ」

「そうそう、前に本屋で遭遇したとき、周囲にバリヤー張り巡らしてる感じで、話しかけんなオーラがすごいの。かけてたサングラスがまたいかつくてさあ。みんな遠巻きにしてたよ」

「想像つくわー。そもそも着てる服からしてそうだよね。バカ高いハイブランドのシャツ着てるデカい男ってだけで、敬遠されるっつーの」

マキの発言に、戸倉たちは顔を見合わせる。

「そんな高いの？　ユ○○ロとは違うなとは思ったけど…」

「あの外見だから何でもカッコよく見えるって気も…」

「ユ○○ロが三十着くらい買えるんじゃやない？」

「げ、そんなに…」

「さすが実家が太いだけあるわ」

溜め息をついてラーメンに多すぎるほどの胡椒をかけるマキに、戸倉が口を挟む。

「先生の場合、実家ってより株で儲けてるっぽいよ」

「ああ、そうそう。留学時代の友達が興した会社が成功してって話を、以前山上先生から聞いたな。宇柳先生は自分でそういうことは云わないから」

「んで、凄いマンションに住んでるとか…？」

「ホテルの上層階のセレブ向け住居って噂も聞いたぞ」

「誰も行ったことないから、噂に尾ひれつきまくりだよな」

奏はどきっとした。それは自分は知っているという、ちょっとした優越感だ。しかし実際はパニクっていてよく覚えていない。共有スペースはそれなりに高級感があったような…。

それに、よく考えれば誰かがあのマンションを訪れたとしてもそのことを他人に吹聴しないだけだろう。自分がそうであるように。そんなことで優越感を覚えるなんて、恥ずかしい…。

「でも、山上先生のときより今の方がいろいろ聞きやすかったりするよね」

「山上先生、重鎮だしね。どうしても遠慮しちゃうとこある」

「それに宇柳先生の指導力は山上先生より上かも。山上先生は実績は凄いけど、自分でも教えるのは向いてないってよく云ってたから」

山上先生のことは奏はまったく知らないが、宇柳に指導力があるのは何となく感じていた。学生の考えをまず肯定して、良い点は誉めて、それから疑問を投げかける。自分で考えさせて、足りないところを補っていく。

彼らの分野は日本人研究者がまだ少なく、有望な人材が海外に出ていってしまっている現状がある。それは宇柳自身もそうだったのだが、そのせいで本来政策にも反映すべきことができていなかった。海外の機関の発表に頼らざるを得ないのだ。

そのことを危惧《きぐ》している山上が、宇柳のように海外に出ていった人材に、日本で研究できる環境を作ろうとしている。

今も山上は世界中の大学や研究機関を訪ねて、人材をスカウトすることに奔走《ほんそう》している。そのために講演を引き受けたり、共同研究を呼びかけて、人脈を広げている。

日本で研究してくれる外国人も積極的にスカウトする。そうやって山上が送り込んできた研究者を宇柳が育てるのだ。

彼らは宇柳の話をよくする。それだけ好かれているのだろう。

もちろん奏が一緒だからということもあるだろう。特に戸倉は自分が誘った手前、専門の話になって奏が退屈したら気の毒だと思ってくれているのかもしれない。

「島田さんが云ってたけど、取材依頼もけっこうきてるみたい」

「確かに、取材したくなるよなあ。あの人、話巧いし」

「絵にもなるしね」

「顔出ししたら、いっぺんに話題になりそう」

全員が深く頷いた。

「でも断ってもらってるみたいね。他にもえらい先生いるからって、押し付けてる」

「そりゃね、そんな時間ないだろうし」

テレビに出たら録画しちゃおう。でも有名になって遠い人になってしまったら哀しいな…、そんなことを考えて、奏は慌てて否定する。

いやいや、何考えてんの。女子高生じゃないんだから。

ラーメンを食べ終えて店を出ると、戸倉のスマホに通知音が鳴った。

「お、先生からだ。…明後日は昼からずっといるつもりだって。急ぎのときは遠慮しないでメールくれって」

奏もそれにぴくんと反応してしまう。

「グループチャットに、顔出す日は予《あらかじ》め告知しとくって」

「それは俺も助かる」

「西脇に教えてやろっと」

戸倉は歩きながら入力する。

明後日、また会える。奏はそれだけでうきうきしてきて、それはそれで戸惑ってもいた。

しかし、その明後日がきても、奏はボランティアには行けなかった。

父方の祖母が骨折で入院してしまって、母と一緒にその見舞いに馳《は》せ参じなければならなかったからだ。

「カナちゃん、助かるわ」

授業のあとすぐに病院を訪ねた奏は、母の歓迎を受けた。

病室はＶＩＰ用の特別室で、既にたくさんの花が届いていて、女優の楽屋のようだった。

「お祖母《ばあ》さまは？」

「ＭＲＩだって。カナちゃんが来るって云ったらすごく喜んでくださって。今はアヤさんがついてくれてるんだけど、家のこともあるのでずっとってわけにもいかないしね」

アヤさんとは祖父母宅で執事的な仕事をしている女性で、准看護師の資格も持っていて、祖母とも相性がいい。主に祖母の秘書的な位置づけだが、家事に関して派遣の家政婦を指示する役目もある。

「カナちゃん来てくれて助かったわ。お義姉《ねえ》さんたち今上海《シャンハイ》だから、昼間に動けるの私だけなのよね」

母は次男の嫁だが、専業主婦は上海在住の義姉と母だけなので、義姉が帰国するまでは祖父母に何かあれば先ず一番に向かわなければならないのだ。もちろん、それに値するだけの経済的援助を過去に受けてもいるので、当然といえば当然だった。

それだけではなく、坂藤家は親族の結束力が強く、週末には関西住まいの従兄弟たちも駆けつけるというし、姉も少ない休みを調整すると云っている。そんな中で奏がボランティアを理由に断れるはずがない。

祖父は自分の入院だと孫の見舞いなんぞいらないというタイプなのだが、祖母の入院となれば話は別なのだ。

「さっきメールがあってね、真由香《まゆか》ちゃんが来てくれるって」

真由香は従兄の配偶者だ。会うのは、一年前に彼らの娘が生まれたときに姉とお祝いに行って以来だ。

「ミユちゃんだっけ、連れてくる？」

「そう。お義母さまも喜ばれるだろうし。このお部屋なら、他の患者さんに遠慮しなくてもいいしね」

母とそんな話をしていると、真由香が愛娘《まなむすめ》を連れて病室を訪ねてくれた。

「叔母さまのお手伝いをしっかりするようにって、慶介《けいすけ》さんから頼まれてますので。遠慮なく何でも云いつけてくださいね」

「あら、頼もしいわあ」

母はそう云いつつ、可愛すぎる乳児を抱き上げて目尻を下げっぱなしだ。

検査を終えた祖母も戻ってきて、賑《にぎ》やかな病室に目を細める。

「嬉しい。辛気臭い病室って大嫌いなの」

大喜びで、曾孫をあやす。

プロの付き添いを雇うことは簡単だが、祖父がそれをよしとしなかった。

既に成人している孫たちもそれは了解していて、みんなでスケジュールを調整し合うというのは、暗黙の了解となっている。

奏はミユと祖母の様子を動画に収めて、従兄弟たちのグループチャットにアップした。そこにコメントがつくのを、祖母に読んで聞かせる。

乳児のおかげで祖母はずっと上機嫌で、一番ほっとしていたのはたぶん母だろうと奏は思っていた。

母と祖母は仲がいいが、祖父の祖母の甘やかしぶりはハンパなくて、ときどき本人無自覚ですごい無茶ぶりをすることもある。そういうこともあって、祖母お気に入りの奏は盾になるのだが、今回はミユのおかげで奏の出番はなかった。

ミユが疲れて寝てしまったのをキッカケに、祖母も少し休むというので、奏は真由香の荷物を持って駐車場まで付き添った。

「噂には聞いてたけど、坂藤家の結束力って凄いね」

真由香はミユを起こさないように小さい声で云うと、奏に笑いかけた。

「入院が決まったらすぐにメール回して全員の予定確認して、付き添いのローテ組んで、夜も泊まれるようにしてお祖母ちゃまを寂しがらせないようにって」

率先してローテを組んだのは、彼女の夫の慶介なわけだが。

「僕なんて予定も聞かれてないのに、いつのまにかスケジュール組まれてた」

奏がぼやくのを聞きながら、ミユをチャイルドシートに乗せる。

「でも今日、奏くんに会えてよかった。前からお礼云いたくて」

「お礼？　僕、なんかした？」

きょとんとした顔で真由香を見る。

「あーそうね、お礼ってのは変か」

真由香はちょっと笑って、少し声を潜めた。

「私、妊娠したときにマタニティブルーになっちゃって…。坂藤家の嫁としてアルファの子を産まないといけないんだって、思い込んでしまってて」

「……」

「うちは父がアルファで自分もたまたまアルファなんだけど、母も祖父母も兄弟も殆どベータで、アルファだからとかベータだからとかは意識しないで育ってのね。遠い親戚にはオメガもいるから自分に偏見があるとは思ってもなかった。慶介に惹かれたのだって彼がアルファだからじゃないし。けど自分の子のことになると、急に不安になってしまって。アルファじゃなかったら彼のご両親はどう思うだろうかとか、誰からも云われてないのに勝手に自分を追い詰めてしまって…」

彼女は奏に遠慮して云わなかったのだろうが、アルファじゃなかったらというよりは、オメガだったらどうしようという気持ちが一番強かったんじゃないかと思う。オメガが差別されることは、現実としてあることだから。

「この子がアルファでなかったら私のせいなんじゃないかって…。勝手にプレッシャーを感じてしまって…。一時期ちょっとやばかった」

真由香はそのときのことを思い出したのか、小さく溜め息をついて、チャイルドシートのベルトを留める。

「それを慶介に打ち明けたとき、少なくともうちは奏がオメガだけど、誰もそんなの気にしたことないぞって。奏の両親は奏を溺愛してるし、うちの両親も祖父母もめちゃめちゃ可愛がってる。奏もその愛情を受けてすくすく育ってて、なんの心配もいらないって」

すくすくと云われると、二十歳を過ぎた男としてはちょっと恥ずかしいけど、それでも奏は彼女に微笑んでみせた。

「そうだね…。家族や親族がそう思ってくれてるから、僕も引け目を感じなくていられるのかもしれないし」

「自分に偏見があっただけのことなんだよね。恥ずかしい」

彼女の言葉に、奏は黙って首を横に振った。

アルファが強者でオメガが弱者であることは、変えられない事実だ。親なら自分の子が時として虐げられる側にならないように願うことが偏見だとは思わない。

だからといってオメガが幸せになれないわけじゃない。アルファに選ばれて庇護されるだけがオメガの幸せじゃない。そう思うから、奏は一人でも生きていけるように今必死で勉強しているのだ。

しかし宇柳に出会ってからは、その気持ちが揺らいでいる。

オメガの幸せって、何なんだろう。

彼女たちを見送って、そんなことを考えている奏の元に宇柳からメッセージが届いた。

『お祖母さん、お大事に。また時間ができたらよろしくね』

ぴこんと奏の背筋が伸びた。

ボランティアに参加できないことを、グループチャットでしらせておいたのだが、個人のアカウントの方にメッセージが届いのが嬉しかった。でもそれだけのことが嬉しいなんて、自分でも大袈裟じゃないかと思ってしまう。

『今週は土曜日も昼から稼働してるよ〜』

そしてまた、いつもの仔猫のスタンプ。

ふわっと気持ちが上がる。従兄が作った付き添いのローテーションでは、土日は会社勤めの従兄弟たちが担当してくれてるのだ。

奏はそれを確認して、土曜ならたぶん手伝いに行けますと返信を打つ。

仔猫がキーボードに向かっているスタンプがきて、可愛くてちょっと笑ってしまって、はっとする。

あれ、今のってもしかして何か期待してると思われたかも？　いや、単なるいつもの集計作業のお願いだよね？

うん、大丈夫。ただの普通のやり取り…。それなのにこの浮き立つ気持ちを、奏は自分でも持て余していた。

土曜日になって、奏は山上ラボに行く前に病室を訪ねた。

祖母は付き合いも広く、この日も何組もの友人知人が見舞いに訪れていて、アヤと従兄弟が来訪者をもてなしていた。

久しぶりの従兄弟と少し話をしたあと、祖母から勧められてお見舞いの一部を分けてもらうと、それを袋に詰めて山上ラボを訪問した。

「忙しいときに来られなくてすみませんでした。これ祖母のお見舞いのおすそ分けです」

有名ブランドのスイーツが詰まった袋を差し出す。

マキはそれを受け取って中を覗き込む。

「…凄い。スイーツ女子、夢のラインナップ……」

その言葉にふらふらと女子たちが集まってきた。

「これ…、紹介者がないと買えないあの伝説の……」

「こっちのチョコレートは日本では購入できないのでは…」

「一年待ちと噂の老舗の和菓子が…」

睡眠不足の目が輝いている。

そういえば、真由香もお見舞いの品を見るたびに興奮していたような。

「ほんとに大丈夫なの？　適当に持ってきたんじゃ…」

「ちゃんと了解とってるので大丈夫です。どうせ誰かがもらっていくやつだから…」

「誰かって…」

「従兄弟とか…。祖母が全部食べてたらそれこそ大変です」

苦笑して、空いてる椅子に座る。

雑談もそこそこに作業を始めたが、夕方になっても宇柳は姿を現さなかった。

もしかしてあの誘いは、単純にボランティアのお願いなだけではないかと気づいたのは、何人かが作業を終えようとしているときだった。

確か前もそんなふうに騙《だま》されたことが…。いやべつに騙してはいないだろう。自分が勝手に勘違いしただけで。

「カナタくん、もうちょっといられる？　そんでそのあとラーメン行かね？」

戸倉に誘われて、ラーメンもいいかなと思っているところにメッセージが入った。

『カナタ、学校来てる？』

宇柳からだった。

戸倉への返事を保留して、慌てて返信する。

『今、山上ラボです』

打ちながらどきどきしてくる。

『もうあがりなよ。ご飯いこ』

え…、声が上がりそうになって、ぐっと呑みこんだ。

『あ、他の奴誘っちゃダメだよ』

そのあとに、仔猫が口に指を当ててしーっと促すスタンプが送られてくる。

これって…。

『A棟横の駐車場に車置いてるから』

奏はばたばたと片づけを始めた。

「戸倉さん、すみません。ちょっと急ぎの用が…」

返信を打ちながら戸倉に詫びる。

「お先に失礼します」

あれよあれよというまに、奏は部屋を出ていった。

「…彼女じゃない？」

「絶対そう。あの慌て方はお祖母さまとかではないな」

「ていうか、彼氏かもね」

そんなことを噂されているとも知らず、奏は階段を駆け下りていた。

外はもう暗くなっていて、少し肌寒い。

駐車場を探すと、真っ赤なアルファロメオのカブリオレが目に入った。

「あれかな？」

近づくと、奏に気づいてドアを開けてくれた。

「よかった、会えて」

にこっと笑うと、ナビシートに座った奏の髪をくしゃっと撫でる。

「来週、学会なんだよねー」

「…忙しいんですね」

「まあ、今回は僕が発表するわけじゃないけどね」

そう云ってケータイを置いた。

「お店適当に選んだけど、食べたいものとかあった？」

「…いえ」

宇柳はサイドブレーキを外すと、車を出した。

「肉、苦手とかないよね？」

「あ、大好きです」

「よかった」

ウインカーを出して大通りに合流する。

奏は横目でちらちらと宇柳を見ながら、この人は何をやっても絵になるなと感心した。

「カナタたちのおかげで、何とか動向も掴めてきたよ。ほんとに助かった」

「…力になれてよかったです」

「一段落したら、みんなもやっと論文にかかれるだろうし」

軽くステアリングを切って、首都高に車を乗せる。

「高速？」

「下、混んでるでしょ」

そういえば行き先を聞いていなかったが、もしかしたらこれってドライヴ？

「新たに科研費認めさせたから、みんなにちゃんとバイト料出せるからね」

「…ありがとうございます」

そんなつもりではなかったが、自分だけ遠慮するのもどうかと思ったので、ありがたくもらうことにした。

「こないだ田崎さんと少し話したけど、カナタのことすごく誉めてたよ」

そう云うと、ナビシートの奏を流し見る。

「真面目で一生懸命。いつも質問にくるし、参考文献あげたら全部読んでくる」

「そ、それは…。自分で聞いてるんだから、読まないのは失礼というか…」

そう云ってから、なんだか恥ずかしい答えだと思った。それって学術的興味からではなく、目上に対する礼儀で勉強してるみたいに受け取れるからだ。そして実はそういう気持ちが奏の中で少なからずもあったのは確かだ。読んでないとわかったらがっかりされるとか、それで信頼を損ねたくないとは確かに考えている。

「そういうとこ、カナタはほんと素直でいいよね」

「…でも、ほんとに興味があったら何を読めばいいか人に聞いたりしないかも…」

ぼそぼそと返す。

「えー、そんなことないよ。身近に専門家がいるんだからどんどん聞けばいい。僕らそのためにいるんだからさ」

「……」

「学生でいるのってそんなに長い期間じゃないから、基礎力をつけるときに自己流で回り道するのは僕は反対。効率って大事よ」

奏は少し意外だった。宇柳は自己流で独自の計算法を編み出したことが評価されていると早瀬たちから聞いていたからだ。たとえ無駄足になっても何でも試してみることを推奨するタイプだと思っていた。

しかし考えてみれば、その自己流はあくまでも基礎があってのことで、基礎力もない学生の発想など取るに足らないものとも云える。そしてそういう奇抜な発想の殆どが、実は先人もとっくに考えていて、既に結論は出ていたりする。

「基礎知識は、効率よく且つ詰め込めるだけ詰め込んだ方がいいと云うのが僕の考え。カナタのやってることは全然間違ってない」

断言して、ふっと微笑する。それだけのことが、奏には思いがけないくらい嬉しかった。

「基礎をおろそかにしたら駄目なのよ。閃きだとか度肝を抜く発想だとか、そんなのは基礎があってのこと。世の中甘くないよ」

「…先生もすごい勉強したんですか？」

奏の質問に、宇柳はにやりと笑ってみせる。

「そりゃ、禿《は》げるほどね」

絶対嘘だと奏は思った。

それでも彼がアメリカでそれなりの実績を積むには、やはり苦労や努力があったのは当たり前のことだろう。

そんなに才能があっても、基礎力は地道なプラクティスでしか身につけられない。

ただし、その上で、やはり最後に将来を分けるのは才能なのだ。それを思って、小さく溜め息をついた。

アルファロメオは高速を降りて、そのあと少し走ったところで少し減速すると、店に隣接する駐車場に車を滑り込ませた。

「はーい、お疲れさまー」

車を降りると、既にあたりは肉の焼けるいい匂いがしていた。

「すっごい美味い肉、食わせるから」

得意そうに云うと、お世辞にも綺麗とは言い難い店に奏を案内した。

Tシャツにエプロンといった場末感たっぷりの中年女性の接客は、その場末感どおりに大雑把で、宇柳が選ぶ店とはとても思えなかった。

テーブルも椅子も見るからにチープで、脚がガタガタしている。宇柳がそれを指摘すると、さっきの店員は厚紙を折って脚の下に敷いてくれた。

箱入りの奏はこういう店は初めてで、何となく落ち着かない。

「なかなか、味のある店でしょ？　中華と焼肉は、綺麗過ぎる店だと味はいまひとつってのが僕の持論」

「先生、聞こえてます。綺麗じゃなくてすみませんでした」

さっきの女性店員が、そう云いながら安そうなコップに入れた水をテーブルに置く。

「だって、この子が胡散臭そうな顔してるからー」

自分のせいにされて、彼はちょっと慌てた。

「そ、そんなことは…」

「まあ、騙されたと思ってさ」

その言葉どおり、肉を一口食べた瞬間、奏はあまりの美味しさに打ちのめされた。

「お、美味しい…」

とろけそうな目になる。

「カルビの美味しい店はたくさんあるけど、赤身がこれだけ美味しい店って国内にはなかなかないでしょ」

それは仕方がない。日本での牛肉のランクは脂身の入り方で決まるから、美味い赤身を追及しても商売的に旨みは小さいのだ。

奏は幸せいっぱいの顔で、次の肉に手を伸ばす。それを宇柳が写真に収めているが、奏は特に文句は云わなかった。

「ここの大将の実家が牛を育ててるんだって。都内のいくつかの三ツ星レストランとこの店だけで消費されてる。焼肉はここしかない」

つまり精肉として市場に出回らない。場末っぽい店内のわりに、客層は相当いい。駐車場の車も高級車ばかりだった。

店主が実家の両親が丹精込めて育てた肉の安売りは絶対にしないという心意気が見える強気の価格設定なのだ。

もちろん奏はそんなことも知らないので、遠慮なく食べた。

「めちゃめちゃ美味しいです」

「でしょ？　僕も国内で食べた赤身では一番だと思う」

宇柳は上機嫌で焼いていきながら、ノンアルコールのビールを飲む。

そんな宇柳に対して、奏は少し申し訳ない気がした。そもそもお酒を飲まない自分が運転を代われたらいいのだが、ほぼペーパードライバーの身で、左ハンドルのイタリア車を宇柳に代わって運転するとはさすがに云い出せなかった。

「ご馳走様でした。ほんとに美味しかったです」

お店を出ると、奏はぴょこんと頭を下げる。

「カナタ、ほんとに幸せそうに食べるよね」

自分が撮った画像を奏に見せる。

奏がそれに目を落とすと、宇柳は下から覗き込むように奏を見る。

奏は金縛りにあったように動けなくなってしまう。

宇柳の唇はぎりぎりのところまで近づいてくるが、奏は避《よ》けることも目を閉じることもできない。

宇柳の視線は奏の薄ピンクの唇に注がれていて、奏はそれを意識するだけで唇が震えてくる。

「…可愛いな」

そっと呟いて目を細めると、宇柳はその奏の唇に軽く口づけた。

すぐに唇は離れて、はっと我に返った奏はそこが店の前だったことに気づいて後退った。

「な、なに、考えて……」

「えー、だってカナタ、キスしてほしそうだったし」

「ち、ちがっ…！」

真っ赤になって、先に駐車場に急ぐ。

今更と云われても、やっぱり恥ずかしいものは恥ずかしい。

宇柳はニヤニヤしながら、ドアキーを解除する。

「せっかくここまで来たんだから、工場夜景見ていかない？」

「工場夜景…」

シートベルトを着けていた奏は、思わず顔を上げた。

以前から一度見たいと思っていたが、機会がなかった。

「…見たいです」

宇柳は親指をぐっと突き立てると、エンジンをかけた。

高速道路の高架から見る工場夜景は、まるで少し前のＳＦ映画の世界だった。見せることを目的としない機能美に、奏は口が開きっぱなしだ。

「すご…。カッコいい……」

興奮する奏を満足そうに見ていた宇柳は、後続車を確認しながら低速走行する。

「ああ、終わっちゃう…」

「クルーズ船ならゆっくり見られるよ。観光ツアーが出てる」

「なかなか予約とれないって聞いたけど…」

「予約とれたら誘うよ」

さらっと云われて、奏はすぐに返せない。こういうとこちょっとスマートすぎる。

きっと彼はいつもこうやって段取りよく女の子を誘って、美味しいご飯食べて、ドライヴして、そして最後は…。

そんなことを考えていると、車は高速の出口に向かった。

え、ここって…。そう思ったが、奏は何も云えなかった。

そのまま車は空港にあるホテルに向かっていた。

「フライト、明日だからホテルとってるんだ」

宇柳はそう云うと、奏の返事を待たずに車を駐車場に入れる。

当然最初からそのつもりだったのだろうが、彼は最初から奏にどうしたいのか一度も質問はしなかった。

家まで送ってほしいのか、最寄り駅で降ろしてほしいのか、もし選択させられたら、奏には自分のマンションまで送ってくれとか、最寄り駅で降ろしてくれとかしか云えないことは宇柳にもわかっていたからだ。たとえ、そうじゃなかったとしてもだ。

だから宇柳は敢えて聞かなかった。奏が嫌なら拒絶はできるが、選択はさせない。それは宇柳が奏は拒絶をしないことを知っているからだ。

奏を甘やかしながら、自分も欲しいものを手に入れる。

そうやって、宇柳はまんまと奏を部屋に連れ込むことに成功した。

「あの……」

不安そうにドアの前に佇《たたず》んで、宇柳が自分のスーツケースを部屋の奥に運んでいるのを見ている。

「や、やっぱり、今日は…。ここからなら電車もあるし、一人で帰れ……」

全部云い終わる前に、宇柳が戻ってきて壁に押し付けられた。

「…逃がすかよ」

くすっと笑うと、奪うように口づけた。

奏は抵抗する余裕もなく、そのキスを受け入れていた。

唇を何度も吸われて、入り込んできた舌が奏の舌にからまる。

「…ん。微かに匂いしてきた。さっきまで全然だったけど」

唇を離すと、そう云って耳の下に鼻を押し付ける。

「や……」

慌てて身体を離そうとしたが、逆に強く引き寄せられた。

「匂い、強くなった」

自分でも身体の奥がじわっと濡れてくるのを感じて、よけいに恥ずかしい。

今日はちゃんと薬も飲んでいるし、発情期はまだ先だ。なので、発情して欲情が抑えられないとか、そういう感じではない。

なのに、濡れてくるってことに奏は少し戸惑っていた。

「あのときみたいに強烈じゃないけど…。これはこれで悪くない」

クンクンと執拗に嗅がれて、奏は落ち着かない。

「や…。嗅がない、で…」

抗っているつもりなのに、自分でもどうかと思うくらい甘い誘いになってしまった。

「あんた、そういうのは…」

宇柳が一瞬片目を閉じる。

「煽るなって…」

掠れる声で云うと、再び奏に口づける。

「可愛いな…」

しみじみと云って、キスをしながら手慣れた様子であっという間にシャツを脱がせた。

「カナタの乳首、仔猫の肉球みたい…。すっごい可愛いピンク色で……」

ニヤニヤしながら、その乳首をべろりと舐め上げた。

「ひゃ……」

思わず声を上げてしまう。

この前のときもこんなふうにされたんだっけか…。けど、あのときは熱に浮かされたみたいで殆ど覚えてない。

宇柳の舌が硬くなった先端を丹念に転がす。そうしながら、もう一方の乳首を指で優しく弄ってくる。

「ん…ん、んっ…あ……や、ああんっ…」

奏は声を上げそうになるのを必死で堪えていたが、そのうちどうしようもなくなって、声を上げてしまっていた。

「みーみー鳴いて、やっぱ仔猫みたい」

宇柳がそう云って微笑したときには、奏は既に何も身につけていなかった。

「ここじゃあんまりだしね」

床に崩れそうになる奏を抱き上げると、ベッドまで連れていく。

「んー、やっぱいい匂い。発情してるときとは違う匂いだけど、これはこれでそそる」

奏を見下ろして、シャツのボタンをまだ半分くらい留めたまま、襟元から引き抜くように脱いだ。

均衡のとれた筋肉。腹筋は綺麗に割れているが、暑苦しいほどの筋肉量ではない。二の腕もしなやかに引き締まって、ほどよく筋肉がついている。

どれほど恵まれた容姿であっても、筋肉はトレーニングなしにはつかない。筋肉がつきやすい体質というのはあるが、それも教養や知識と同じで筋肉は鍛えた人だけのものだ。

宇柳は、美意識が高く自分に厳しいのだろう。人並み外れた容姿や頭脳を、最大限に活かす努力を怠らない。

そんな男が、自分を組み敷いている。

「…カナタの匂い、ちょっと変わった」

その目が、意地悪く光った。

「すごい甘くなってる。…抱いてほしいんだ？」

奏の顔が首まで赤くなる。

「カナタってば、素直だねえ」

「ち、ちが……」

「違う？　なら、やめる？」

ドSの目で見下ろすと、唇の端を持ち上げておもしろそうに微笑む。

「…発情してないのに、こんなエッチな匂いさせちゃって……」

その言葉に、ぞくっと震えた奏は、中心のものが持ち上がってくるのを隠そうと足をずらす。

「やっぱり男の子だねえ。おちんちん、硬くなっちゃった？」

云うなり、奏の足首を掴んでそこを大きく広げた。

「や……！」

慌てて抵抗しようとしたが、無駄だった。

「やーらしい」

そこに視線を当てて、唇をべろりと舐める。

奏は恥ずかしくて泣きそうになってしまう。

「ば、ばか……」

肘で顔を覆った。

「先生のいじわる……」

それでも宇柳は嬉しそうな顔で奏を見る。

「そんなこと云ったら、もっと虐《いじ》めたくなっちゃう」

奏の腕を掴んで引き剥がすと、あやすようなキスをする。

「あんまり大人を挑発しないことだね」

「し、してない…」

「だから、そういうとこだよ」

そう云いながらも、奏の下半身を愛撫して、後ろに指を埋めた。

「や…」

その強い異物感に、奏は思わず抵抗してしまう。

「…やっぱ、ちょっときついね。発情してるときみたいにはいかないか」

発情期には滴るほど濡れていたそこも、今日は宇柳の指が入り込むのがやっとだ。

それでも、中を弄ってやると少しずつ広がっていく。

「あ、あ……ん…っ」

奥深くまで指を埋めて慣らしていると、奏はその刺激だけでイきそうになっていて、そんな奏を見ている宇柳もむらむらしてくる。

「カナタ、四つん這いになって？」

「え……」

戸惑う奏をひっくり返すと、内股をきゅっと閉じさせる。

その閉じたところに、生温かい塊が挟み込まれた。

「な……」

挟まれたそれが擦られて、その妙な感触に全身が熱い。

ふと、宇柳の手が前に回って奏のペニスを扱く。

なに、これ…。やばい……。

「あ、…あ、…ん……」

宇柳の熱を内腿に感じて変な気分になってしまう。

宇柳の顔は見えないのだが、呼吸は聞こえる。それが生々しくて、宇柳が射精したタイミングで、奏も宇柳の手を濡らしてしまった。

「あー、汚れちゃったねえ」

ティッシュで奏の内腿を拭ってやると、バスルームに抱いていく。

「けっこう広いね。これなら二人でも充分入れる」

そう云うと浴槽に奏を座らせた。バスバブルを投入してジャグジーのスイッチを入れると、きめの細かい泡が沸き立つ。

「溺れないようにね」

宇柳は一旦浴室を出て、脱ぎ散らかした自分たちの服をランドリー袋に突っ込む。それを玄関に置くと、フロントに電話を入れた。最短仕上がりのコースにしたので、明日の朝にはできているはずだ。

「お待たせ〜」

宇柳が再び浴室に入ってくると、泡の中から顔を出している奏は顔をピンクに染めていた。

「カナタ、可愛い〜」

にやにや笑って自分も湯船に入る。

「服、クリーニングに出しておいたから」

「え…！」

奏はびっくりして立ち上がった。服がないと帰るに帰れない。これじゃあ人質にとられたみたいだ。

「んー、全身ピンク、可愛いねえ」

指摘されて、慌ててまた湯の中に戻る。

「大丈夫、明日の朝には間に合うはずだから」

「なんでそんなこと…」

「だって、焼肉の匂いついちゃってたからさ」

「……」

だからって、下着もなしじゃ…。いや待って。確か鞄に…。

「着替え持ってきてる…」

思い出して呟く。それを聞いた宇柳の目がふっと細められた。

「へえ、お泊まりグッズ持参？　準備いいねえ」

宇柳が揶揄《やゆ》するのを、奏は必死で否定する。

「ち、違います。祖母の病室に付き添いで泊まることになるかもしれないから、それで着替えを…」

「ふうん？」

「ほんとですからっ」

云い募る奏が可愛いらしく、宇柳はご機嫌だ。泡の中をじわじわと奏の方に近づくと、逃げようとする奏を捕らえて自分の膝の上に座らせた。

「洗ってあげる」

「じ、自分で……」

「いいから、いいから。それよか、さっきの気持ちよかった？」

奏は耳まで赤くなった。

「さっきのはスマタと云ってね…」

「解説いりません…！」

「そっか。知ってたんだ？」

ふふふと微笑すると、お湯の中で揺らぐ奏のペニスを愛撫し始める。

たっぷりのボディソープを手に取ると、そこに塗り付けた。

「じゃあフェラも知ってるよね？」

耳を軽く噛みながら、囁く。

びくんと奏の身体が震えた。

「…やってほしい？」

奏はごくりと唾を飲みこんだ。

「そりゃ、やってほしいよね」

宇柳の長い指が、奏の下半身を撫で回す。

奏は湯あたりのせいもあってか、頭がぼうっとしてきた。

「これじゃあ茹で上がっちゃうね」

宇柳は奏をお湯から引き上げて、広い上縁面に座らせる。そして膝に手をかけると、脚を大きく開かせた。

「こんなに勃起させちゃって…」

宇柳はその先端をぺろりと舐める。

「や……」

奏は思わず腰を引いたが、最初から逃げ場などなかった。

宇柳の舌は反り返るペニスを舐め上げて、情欲を煽る。そしてそれを咥《くわ》え込むと、口の中できゅうっと締め付けた。

「は、あ、ああっ……んっ」

たまらなく恥ずかしいけど、たまらなく気持ちいい。

宇柳にこんなことをさせてしまっているという背徳感もあって、頭の中がぐるぐるしてくる。

喉の奥まで迎え入れて締め付けられて、その巧みなディープスロートに奏は翻弄された。

「い、いく……。イっちゃう…」

締め付けが弱まった途端に、奏は宇柳の口の中で果ててしまった。

宇柳は唇の端からたらりと垂れるものを、親指で拭うと、喉を鳴らして飲みこんだ。

「……」

あっけにとられている奏の顎を捕らえて、強引にキスをする。

「ば、ばか……。先生のばか…」

生々しすぎて、恥ずかしくて、涙が溢れてくる。

「そうやって、みーみー鳴かれると、たまんねえから」

悪い目で奏を捉えると、更に深く口づける。最初は嫌がっていたが、奏はすぐに宇柳のキスに夢中になってしまう。

舌を絡み合わせて、再び奏を煽っていく。

そうしながら、宇柳の長い指がまた奏のお尻に潜り込む。

「や……」

「ほら、さっきよりすんなり入った。イったのに、ここはまだひくついてんだよな」

奏の顔と下半身を交互に見ながら、指でくちゅくちゅと掻き回す。そして指を二本に増やすと、ローションを垂らして更に広げていく。

「また勃起してきたね。後ろ弄られるの好き？」

奏は弱々しく首を振ったが、それが本心と違うのは明らかだ。

再び頭をもたげてくるペニスを、宇柳はまた咥えてやった。

「あ……、だ、め……」

前も後ろも同時に愛撫されて、我慢できるはずがない。

奏のそこはさっきよりずっと潤んで、いつの間にか増えた指をきゅうきゅうに締め付けてしまっていた。

「可愛いな…」

宇柳の声が興奮したように掠れていて、それが奏の快感を煽った。

宇柳が指を引き抜くと、奏のそこは物欲しげに広がってひくつく。

「煽るな…」

低く呟くと、宇柳は反り返った自分のペニスの先端をそこに埋める。

「あ……」

奏から漏れた声は、待ちわびたように濡れていた。それに引き込まれるように、宇柳は奥まで深く貫いた。

「あ、あああんっ……」

ずぶりと埋まる宇柳のペニスが、奏の内壁を擦り上げる。

宇柳は無理に奥まで押し入らず、ゆるゆると奏のいいところを探して突いてやる。

「あ、…い、そこ……」

奏も少しずつ慣れてきて、緊張感がとれたせいか、奥も徐々に緩んでくる。

その変化を捉えて、宇柳はさっきより深いところまで潜り込ませる。

いつしか奏の中はうねるように宇柳にからみつき、きつくゆるく締め付ける。

「おまえ、すごいな…」

宇柳の息が荒い。

虚ろな奏の目に、快感を堪える宇柳の緩んだ表情が映って、その色っぽさにぞくぞくしてきて、反射的に咥えこんだ宇柳のペニスをきゅうっと締め付けていた。

「…カナタ、すごく、いいよ…」

深いグラインドを繰り返しながら、感極まったように呟く。

そして、二人は同時に射精した。

「…久しぶりだから、我慢できなかったよ」

宇柳はシャワーでお互いの下半身を洗い流す。

「もっと長くやってあげたかったんだけど」

射精したばかりなのに、宇柳はまだ熱っぽい目で奏を見る。

「お風呂だからかな。カナタ、すごくいい匂い」

肩口に鼻先を当てて、くんくん嗅ぐ。

「…ぜんぜん足りない」

耳やうなじをべろべろ舐められて、収まりかけた奏に再び火が点く。

「せ、せん、せ…」

乳首を舐められると、奏の背中がぴくぴくと震えた。

「可愛いね…」

いやらしく囁く。奏を抱き上げてお湯の減った湯船に立たせて、さっき座っていたところに手をつかせた。

「もっと、お尻突き出して？」

奏の双丘に指を潜り込ませて、恥ずかしい要求をする。

「む、無理……」

宇柳はくすっと笑うと、中の指でくちゅくちゅと前立腺を刺激する。

「あ…ん……」

無意識にお尻を突き出していた。

宇柳の指が一旦引き抜かれると、次にもっと太いものが潜り込んできた。

「あ、…ああんっ…」

そこは既に緩んでいて、ぬるりと宇柳のペニスを受け入れた。

きゅうっと宇柳のものに吸い付いて、締め付ける。

「さっきより、ここ、うねってるね…」

宇柳は吐息交じりにそう云うと、中の感触を味わうように腰を使い始める。

それにしても…と、宇柳は思う。

オメガだからなのか、それとも奏だけなのかはわからないが、数時間前まであれほどきつかった後ろは、今はこんなにも開いて自分のペニスを味わっているのだ。

奏自身そのことに戸惑う余裕もないままに、中は既に宇柳を欲しがっている。

そして自分もまた、奏を強く求めているのだ。

宇柳はごくりと唾を飲み込んで、そして更に激しく突き始めた。

「あ、あ、…ああっ…、せ、んせ…」

奏も、宇柳にもたらされる快感をひたすら貪っていた。


朝、目が覚めたときに、宇柳の姿はなかった。

もぞもぞと起き上がって、ベッドサイドにコンセントと繋がれているケータイに気づいた。

自分で充電した記憶がないので、きっと宇柳だろう。そういうとこマメというか…、そう思ってケータイを手にすると、その本人からのメールの通知があった。

『おはよう。フライト早い便に変更しなきゃならなくなったので、先に出るね。支払いは済ませてあるから昼までゆっくりしていけばいいよ。ルームサービスもよかったらご自由に。クリーニング、もう届いてるから。それじゃあ、また』

きちんとクリーニングされた服が、テーブルの上に置かれている。

「あれ、こんな部屋だっけか？」

見回すが、昨夜の記憶と違う気がする。

これはもしかして…。奏は今更のように気づいたのだが、この部屋にはベッドルームがもうひとつあった。更にリビングダイニングもあって、宇柳がルームサービスの朝食をとったままになっていた。

スイートか…。そういえば株で儲けてるとか誰かが云ってた。

あのルックスでスタイルもばっちりで、頭はべらぼうに切れてこのまま順調にいけば早々に准教授で、お金もがっぽり持ってて…。運動神経がいいのは重心移動とかの動作でわかる。そしてたぶん支配層のアルファ。

「何か欠点ないの？」

奏は思わず溜め息をつく。

あれでもてないわけがない。誰もが惹かれて当たり前だと思う。

つまり、宇柳にとってはこんなことは何も特別なことではないのだろう。そう、よくあること。美味しそうなオメガをちょっと味見してみた、くらいのこと。

ああいう人が本気になる相手ってどんな人なんだろうかと、ぼんやりと考えてしまう。どっちにしても、オメガを本命にするはずがない。少なくとも奏はそう思っていた。

そういえば、次の発情期のことを聞きたがっていた。

オメガの発情の周期は個人差が大きく、一番多いのが約三か月、次がふた月。中には毎月という人もいるらしいが、その場合は二日ほどで終わるらしい。つまり年間のトータル日数はそれほど違わないということのようなのだ。

奏はこれまでほぼ十二週間周期だったのだが、この前は一週間も早くなった。次だってどうなるかわからない。宇柳にもそう答えた。

『そっかー。せっかく予定空けておこうと思ったのに』

それを聞いたときに奏は少し引っ掛かったが、頭がちゃんと働いてなかったのでそのまま流してしまった。

『この前うち泊まったとき、始まったばっかりだったんでしょ？　すぐ連絡してくるとばかり思ってたんだけどな』

『……』

『惜しいことしたな。あのまま拉致しておけばよかった』

物騒なことを云って笑う。

すぐに気づかなかった自分も鈍いけど、行為の直後にそんな話をするということは、発情期じゃないときのオメガにはさほど価値はないと云っているようなものではないか？

つまりメールの最後の「それじゃあ、また」ってのは、次の発情期のときにってこと？

その考えにいたって、奏は愕然《がくぜん》とした。

早い話、ただの身体目当てじゃないか。

そう、身体目当て…。そんなことわかってたはずなのに。

たいていのアルファがオメガに求めるのは、セックスだけだ。それを知っているから、奏はアルファには近づかないようにしてきた。それは、いいようにアルファに遊ばれて捨てられるような目に遭いたくないからだ。

お互いに快楽のために割り切って付き合えるのならそれもいいだろうが、奏にはそんなこと無理に決まっている。

何より一番怖いのは、やり捨てるだろう相手を本気で好きになってしまうことだ。それが現実のものになっている。

今ならまだやめられるはず。もっと好きになってしまったら、捨てられたときに辛すぎる。

ほんとに？　まだやめられる？

「やめるなんて…。そんなの無理……」

先生に会わないようにしようと考えるだけで、胸の奥が締め付けられる。

自分が宇柳からの連絡に返事をしなくなっても、宇柳はきっと何とも思わない。相手なんていくらでもいるんだから。

「ずるいよ…」

奏はどうすればいいのかわからない。

結論を先延ばしにするか、傷が浅いうちに引くか。でもそれはどっちも奏が望む答えではないのだ。

そして、奏の望みの答えはそこには用意されていなかった。

祖母は無事に手術を終えたあと、リハビリ病棟に移っていた。

「ここからは桜紅葉《さくらもみじ》が綺麗ねえ」

病院の敷地に植えられた桜の葉が色づいて、朝日に照らされると綺麗に映える。

奏は昨晩から祖母の病室に泊まっていて、病室から大学に向かうつもりだった。

「このくらいの距離だと日差しもあって綺麗だけど、今年は色づき悪いよ」

「あら、そうなの？」

「先月末の天気が今いちだったせいで、朝晩の冷え込みがないから…」

「近くまで見に行こうと思っていたのに、残念…」

祖母が肩を竦めると、早朝から祖母の世話に訪れたアヤがお茶を淹れる。

「でも奥さま、紅葉の色づきが綺麗な年にお出かけになれないよりはよろしいのでは？」

「条件揃う年ってなかなかないから。それが今年だったらもったいないよ」

「それもそうね」

祖母は気を良くして、お茶を飲んだ。

それにしてももう紅葉か。

空港のホテルでの出来事以来、宇柳からは連絡もなく、奏がたまにボランティアに顔を出してもずっとすれ違いだった。

戸倉が学園祭の最終日にでも慰労会をやらないと提案していたが、誰ものってこなかった。

データが揃いつつあるときなので、論文作業を先に進めたいということのようだ。

論文は時間勝負だ。世界中の誰かが自分と同じ研究をしていて、先に論文を出されてしまうと、何か月かの労力が無駄になる。慰労会どころではないのだ。

奏自身も、祖母の付き添いやボランティアを優先してしまっていたせいで、まだ読めていない資料が溜まっていた。

宇柳に会わないようにした方が…とか悩んでいた自分がバカみたいに思える。今はそんな選択肢すらないのだ。

会いたいなら、自分からメールをするという方法はあるが、それは奏にとってはハードルが高かった。

もし断られたら…。いやそれだけならまだいいが、迷惑だったらどうしようかとか…。もしくは、何思い上がってんだよとか、勘違いしてんなよとか思われたら…。

想像するだけで震えてしまう。そんなこと云われたら立ち直れない。

猫だったらよかったのに。宇柳のあの広いマンションで好き勝手にいることができて、ときどき宇柳にかまってもらって…。

奏はその考えを慌てて打ち消した。どうかしてる。自分がこんなふうになるとは思ってもいなかった。

結局、特に楽しむこともなくいつの間にか学園祭は終わっていて、今は小テストやレポートに忙しい。ボランティアは事実上の終了となって、山上ラボに行くこともなくなって、宇柳からは仔猫のスタンプすら届かない。

今週末には田崎ゼミでは親睦会とやらで紅葉狩りが計画されている。たぶん田崎教授の趣味のようだが、ほぼ登山らしいと専《もっぱ》らの噂だ。宇柳のところも親睦会はあるのかなあ。羨ましいなあ。もういつから顔見てないんだろう。もしかしてずっとこのままなんだろうか…。

そんなことを思って溜め息をついていると、ドアが開いて段ボール箱を抱えた従兄の慶介が入ってきた。

「わ、慶ちゃん…！」

「あれ、奏が付き添い？」

「そう。慶ちゃんこそ、こんな時間に？」

「頼まれてたものが届いたから、早い方がいいかと思って」

慶介は大きな箱をテーブルの上に置いた。出勤前らしくスーツ姿だ。

「ありがとうございます。今日は真由香さんはいらっしゃらないって聞いてたから、奥さまと明日以降かなと話してたんです」

アヤは慶介に礼を云うと、早速段ボールを開ける。

「奏、今から出るなら、送っていってやろうか？」

「ほんと？」

病院から奏の大学までは直線距離だとさほど離れていないのだが、地下鉄だと乗り換えになってちょっと面倒なのだ。

「まだ時間あるからな」

「ラッキー。助かる」

奏は急いで支度をして、慶介と病室を出た。

「奏がミユと遊んでくれてる動画、真由香がやたら気に入っててさ」

「ミユちゃん、ほんと可愛いよね。女の子のパパってどんな感じ？　目に入れても痛くないってほんと？」

「ほんと。こんな可愛いものだとは思わなかった」

慶介はデレデレした顔で云う。

祖母の付き添いで慶介がミユを連れてきているときに奏も会っているが、その可愛がりっぷりはハンパなかったのだ。

「それより、おまえ雰囲気変わってない？」

エレベーターに乗り込むと、慶介はじっと奏の顔を見る。

「え、なに……」

更に顔を近づけてくる従兄を、奏は慌てて押し退けた。

「ち、近いよ…」

「もしかして、アルファに食われた？」

耳元近くで囁かれて、奏はそのまま固まってしまった。みるみる耳まで赤くなる。

「おまえ、わかりやすいなー」

もう今更否定もできない。慶介に知られたら真由香にも当然話すだろうし、下手したら母の耳にも入るかもしれない。最悪だ。

「どんなヤツ？」

「…慶ちゃん、デリカシーない」

「なんでよ。興味あるじゃん」

「そういうのオヤジくさいよ…」

奏は冷たく云って、先にエレベーターを降りる。

「なんだよ、冷たいじゃないか。おまえがちっちゃいときは、けーたんけーたんってくっついてきたのに」

「…いつの話してんの？」

つんと顎を反らすと、さっさと車に向かう。真由香さんは仕方ないにしても、母とか姉とかの耳には入らないように念を押さないと。

「…誰かに喋ったら一生口きかないから」

車に乗り込むと、いちおう釘を刺す。

「云わないよ。信用ないなあ」

「……」

「けど、おまえを泣かすような奴だったら、黙ってない」

慶介はそう云うと、にこっと笑った。

そう、奏が中学に入る前から、弟たちに質の悪いアルファから奏を守ることを教え込んだのは慶介だったのだ。奏は男の子だけど自分たちとは違うから、守るべき存在なのだと。

慶介は三人兄弟の長男で、二人の弟たちからは絶対の信頼を得ていて、弟たちにとって慶介の言葉は絶対だった。奏はそのおかげで、高校時代も殆ど嫌な思いをしたことがない。

そういえば、慶介と宇柳は同じくらいの年齢じゃなかったっけか。慶介も大学時代は相当もてていたと聞いている。短期間で彼女を替えていて、本命を作らずにとっかえひっかえとか。

それが真由香と結婚してからは、そういうことはぴたりとなくなって、今はよき夫でありよきパパだ。

宇柳もそのうちそうなるんだろうか…。

「法学部の前でよかった？」

慶介の声に、奏ははっとした。

「あ、それより南館の学食の前に着けてほしいんだ。朝から開いてるのそこだけだから。…このあたり、道わかる？」

「だいたいは…。ていうか、学食？」

「朝食べながらレポートやんなきゃ。今日提出なんだ」

「えらくギリギリだな」

「昨日の夜仕上げるつもりだったんだけど、お祖父さまが来てて。昔話に付き合わされちゃってさ…」

「それは…。気の毒だったな」

「お祖父さまとゆっくり話したの久しぶりだったから、それはよかったんだけどね。夜中にやろうかとも思ったんだけど、キーボードの音が気になると悪いし…」

付き添い用のベッドは広い部屋の反対側にあって衝立《ついたて》はあるものの、壁で仕切られているわけではない。

「あ、左折した先で停めてくれる？」

車を学食前に停めてもらう。

「後ろ、車来てるぞ」

「ちゃんと見てるよ」

慶介の車は左ハンドルだったので、助手席から降りると車道側になる。奏は気を付けて車を降りて歩道側に回る。慶介にお礼を云おうとしたときに、門から出てくる数人のグループに気づいた。

「え……」

こんな偶然があるだろうか。

「えー、カナター？」

その中の一人が奏に向かって手を振る。戸倉だった。

そして一緒にいたのは…。

「宇柳、せんせ？」

思わず固まってしまう。

「カナタ、朝帰りとか、やるじゃん」

「ゲレンデだって。すげー」

山上ラボのメンバーたちが近づいてくる。

「友達？」

ウインドウを下ろした慶介に聞かれて、奏は慌てて紹介する。

「あの、ボランティアでお世話になったラボの…」

遠慮がちに宇柳を見たが、彼は奏ではなく慶介を見ていた。いつもの笑顔はなくどこか不機嫌そうな…。

「奏がお世話になってます」

慶介は愛想のいい笑顔を彼らに向けたが、宇柳はそれをシカトして、ゲレンデの前を大股で横切っていった。

あ、行っちゃった…。奏は名残惜しそうにその背中を見ていたが、慶介に声をかけられて、慌てて我に返る。

「奏、忘れ物ない？」

「あ、うん。ありがとう、またメールするね」

奏が手を振って慶介を見送る。

「すげーイケメン」

「カナタも隅に置けないなあ」

揶揄《からか》われて、奏は慌てて首を振った。

「従兄。慶ちゃん、従兄だから」

「ふうん、イトコねえ」

マキがニヤニヤして戸倉と同調する。

「朝帰りでゲレンデで送ってもらうとか、リア充すぎる」

勘違いに思わず眉を寄せてしまう。

「祖母の病室に泊まったんです」

「ふうん？　だいたいここで降ろしてもらうってのがさあ。法学部まで距離あるじゃん。人目につかないようにってこと？」

「開いてる学食、ここだけだからですよ」

なんでそんな言い訳してんだろうと思いつつ、宇柳に挨拶できなかったことにがっかりしていた。

「皆さんこそこんな時間に…。もしかして徹夜ですか？」

一限の授業が始まるまでまだ一時間近くある。

「そうなんだよー。来週、学会発表でさー」

「ソファで仮眠とったから、腰が痛くて…」

「それは…。大変ですね…」

宇柳が不機嫌そうなのは寝不足のせいかも。

「カナタ、また遊びにおいでよ。たまには癒しがほしいよ」

「あ、ほんとほんと。是非来て…」

そんなふうに云ってもらえると、ちょっと嬉しい。

「そうそう、学会終わったら打ち上げやろうって話になってんの。ボラの慰労会も兼ねてさ。こないだはみんなに無視されちゃったけど、学会終わったら一段落だから。宇柳先生が奢ってくれることになってるから、会費はタダ。日程決まったら連絡するね！」

別れ際、宴会好きの戸倉がそう云った。

打ち上げかあ。宇柳先生も来るのかな…って、さっきからそればっかり。

奏は頭を切り替えて、レポートに取りかかった。


研究室に戻ると、どかっとソファに腰を下ろして長い足を組んだ。

ホワイトボードから溢れる数式に目をやって、不快そうに鼻を鳴らす。

「…わ、先生いたんですか！」

机に突っ伏して寝ていた早瀬が宇柳に気づいた。が、宇柳はそれを無視した。

「あれ、戸倉たちは？」

腕を組んでホワイトボードから目を離さない宇柳はそれも無視する。

なんか…、機嫌悪そう？　早瀬はそそくさと部屋を出てトイレに向かった。

宇柳は暫く数式を睨んでいたが、どうにも集中できない。脳裏にさっきの残像が鬱陶しいほどちらつくのだ。

わかってる、あの男は奏とはそういう関係ではないことは。後部座席にチャイルドシートもあった。子持ちの従兄弟とかまあそんな相手だろう。

それなのにこの不快感は何なんだろう。なにより、あの車の運転席の男を見た瞬間の、焼けるような苛立ち。

まさか、自分が嫉妬したとでもいうのか？

「いやいや、ないから」

首を振って数式から目を離した。

そもそも、あれは仔猫みたいなもんだ。一人で帰れなくなっている仔猫を拾っただけのことのはずだ。

仔猫は可愛いから、そりゃ発情したら何とかしてやらなきゃいけない。って、発情したらもう仔猫じゃないのか？　まあ、それはいい。

ときどき撫でてやりたいから、気が向いたときにご飯を食べに連れて行っただけ。

迷子の仔猫に他の誰かが餌をやったところで、自分が不快に思う必要がどこにある？

それでもこの不快感は最早ごまかしようがない。

これは冷静に見極めないといけない。

ひとつのシミュレーションをしてみよう。

宇柳は腕組みをして、もう一度ホワイトボードを睨む。

仔猫はまだ飼い主がいない。そこにイケメンで金持ちの男が現れる。仔猫は俺が責任もって育てますからって云われたら、どうする？

勝手にすれば？　ただの仔猫ならそれが妥当だろう。発情期に美味しくいただいたからって、彼氏ヅラするつもりなんかない。

けど、それが奏だったら？

無意識に眉根が寄る。

そこに、うるさい一団が戻ってきた。

「あのゲレンデ、二千万とかだぜ、確か」

「うひゃー、二千万！」

「あ、せんせー。さっき事務局の人が……」

いつもの調子で声をかけた戸倉に、宇柳はにこりともせずに、冷めた視線をくれた。

「す、すみません」

戸倉は思わず後退った。自分が計算の邪魔をしたのだと思ったのだ。

他の研究員たちもそっと自分の席に戻った。

宇柳はまだホワイトボードを睨み付けていて、部屋中に重い空気が漂う。

「…しょうもない」

ぼそっと呟くと、宇柳はいきなり立ち上がって部屋を出ていった。

「なに、今の？　どういう意味？」

「行き詰まってんのかな、珍しい」

「ていうか、こえーよ…」

ふだん愛想がいい宇柳がたまに不機嫌になるだけで、そのギャップにみんな震え上がってしまう。

「先生、寝不足なんじゃないかな。あんまり寝てないみたいなこと云ってたし」

「霞が関からもしょっちゅう呼び出しあるし」

それでも数分後再び部屋に戻ってきた宇柳は、いつもの彼だった。

それがまだ不気味で、戸倉たちはこの日は宇柳と目を合わせないよう努めた。

クリスマスが近づいてきて街はすっかり賑わっていたが、奏はどこか憂鬱《ゆううつ》だった。

誘ってもらった山上ラボの打ち上げには参加したのだが、残念ながら宇柳は不参加で会えなかったのだ。

あの朝以来、ずっと顔も見ていない。何かメッセージを送ろうと何度も試みたが、結局何も送れないでいる。

このまま会えないでいればきっとそれで終わる。それでよかったんじゃないかと思うものの、そうしたくない自分がいることも確かだ。

祖母も念願叶ってクリスマス前に退院が決まって、最後の付き添いの日に病室で真由香と会った。

帰り際、真由香に誘われてカフェでお茶をすることになった。

「ミユなしの外食は久しぶりかも」

この日は実家に預けて来ていたのだ。

「真由香さん、ミユちゃんいるのに大変だったよね。ほんとありがとう」

奏は、ケーキを注文するとそう云って頭を下げる。

「やめてやめて。奏くんこそお疲れさまだよ」

二人で労をねぎらう。

「それにね、本当のところ息抜きになったのよ。慶介が休みの日以外は、ずーっとミユと一緒でしょ？　買物やランチに出かけてもほぼほぼミユとしか喋らないし。友達ともタイミング合わないから、せいぜいチャットでしょ。もうさ、大人と話をする機会がなくて。だから、ありがたかった」

真由香はそう云って、ケーキを口に運ぶ。

「何とか託児所も決まりそうだから、春からは職場復帰もできそう。ミユは死ぬほど可愛いんだけど、私はやっぱり仕事してないとダメみたい。それがよくわかった」

奏は感心して彼女の話を聞いていた。

「それはそうと、奏くんはクリスマスは彼氏と過ごすの？」

いきなり話を振られて驚いた。

「か、彼氏って。そんなの…」

「えー、隠さなくていいよう。慶介から聞いたから」

彼氏じゃなくて…と云おうとして、奏はつい俯《うつむ》いてしまった。何度か寝ただけの相手だからとはさすがに云えない。

「すごい男前だって？　あの慶介が男を誉めるのってなかなかないからね」

「……」

「その男前が、凄い目で俺のこと睨んできてびびったって」

「睨んだって…」

「俺のモンに手ぇ出すな、的な？」

その言葉にどきっとしたが、慌てて首を振る。

「それ、たぶん勘違い。だいたい彼氏じゃないし…」

ぼそぼそ返す奏を見て、真由香は興味津々の顔を引っ込めた。

「うまくいってないの？」

「だから、そもそも付き合ってるとかじゃなくて…」

俯いたまま小さく返す。そんな奏に、真由香は胸がきゅんとなった。

「奏くんの片思い？」

そっと返す。

「え……」

不意を突かれたような顔で真由香を見る。真由香は優しく微笑んだ。

「奏くん、その人のこと好きなんだ？」

ストレートな一言に、奏は一瞬眉を寄せて、しかしみるみる真っ赤になった。

「あ、で、でも…、先生は僕なんか相手にしてないだろうし」

「先生？　先生なんだ」

奏は慌てて口を塞いだ。

「け、慶ちゃんには云わないで」

そう云った奏の顔があまりにも真剣だったので、真由香は安心させるように頷く。

「私と奏くんだけの秘密ね」

奏はほっとして、こくんと頷いた。

「先生って担当教員とか？」

奏は慌てて否定する。

「学部が、違うから…」

「あ、そうなのね。でもそれなら付き合っても問題ないよね」

「問題っていうか…。先生は僕がオメガだからってだけで…。たぶん何とも思ってない…」

真由香の目がきらっと光った。

「たぶんって、相手に聞いたわけじゃないよね？」

「それは…」

「それで諦めちゃうの？」

「……」

「諦めたらもう会えないかも。それで他の人と付き合っちゃったりしちゃうかもよ」

それはもちろん考えた。考えたけど…。

「まあ、諦めなくてもそうなっちゃうこともあるけどね」

真由香に現実を突きつけられて、奏は力なく笑った。

「でも、どうせ会えなくなっちゃうなら当たって砕けろじゃない？　また顔を合わせる相手だとその後気まずいとかもあるかもしれないけど」

それは確かにそうなんだけど…。

「実はこれって私の経験からなんだけど…」

「え？」

「慶介に一目惚れしたときに、既に彼には彼女がいたのよ。めちゃめちゃもててたから、まあ当然といえば当然で。その彼女とは結婚するかもって周囲は云ってて、かなり迷ったけどそれでもコクったのね。だって云わないと何も始まらないでしょ？」

初めて聞く話に、奏は驚いた。

「彼女持ちに手を出すのはNGだって仁義くらいは持ってたけど、それでもコクるくらいはいいだろうって。寝取るわけじゃないんだし」

「……」

「そのときに慶介は、本命と付き合ってるときは二股はやらないんだって云ったの。自分がやられたらむかつくからって。それでよけいに惚れたわ」

思い出して、真由香は笑った。

「そんなふうに云わせる本命の彼女にめちゃめちゃ嫉妬したけどね。それでも私も云ったのよね。彼女との仲の邪魔はしないけど、私が貴方を好きなことは知っておいてほしいって」

なんか恋愛ドラマみたいだと奏は思った。

「もちろん、慶介とどうとかなりたくてコクったってのも本当だけど、黙ってたら自分の好きって気持ちもなかったことになっちゃう。それでいいのかなって」

すごいなあ、勇気あるなあと、奏は真由香に尊敬の念を持った。

「奏くんはどう？　その先生に自分の気持ち知ってほしくない？」

「…わからない。だって迷惑かもしれないし」

「迷惑か。まあそういうこともあるわね」

これが慶介なら、奏にコクられて迷惑な奴なんていないよーなんて励ましてくれるところだが、真由香は現実派なのでそこは否定しなかった。

「でもそれは気にしても仕方ない。そもそも恋愛なんてのはそういうもんだし」

「はは…」

さすが、慶介を落としただけのことはあって真由香は強い。けど、そういう現実的な彼女のいうことだからこそ、信頼できる。

「奏くんは傷つくのが怖い？」

真顔で聞かれて、奏はふと姉の涙を思い出した。

怖いのかもしれない。アルファでとびきり優秀で容姿にも恵まれている彼女ですら、傷ついて泣いていたのだ。

姉はあのあとも家族に紹介するような相手はまだできてない。もう恋愛はこりごりなんて笑いながら云ってたこともある。

今はどうなんだろうか。彼女の傷はまだ癒えてないんだろうか。

「オメガとアルファの関係は私にはよくわからないし、番にされたのに捨てられたってオメガの話は聞くけど、みんながそうなるわけじゃないでしょ？」

「…うん」

「アルファだってベータだって恋愛で傷つくのは同じだし。それが怖いなら引きこもるのもありよね。それは自分で選択するしかないから」

確かにそうだ。オメガだけが不利なわけじゃない。

今はピルで発情期をコントロールできるし、一方的に番にされることを防ぐためのリングだってある。

ファッション的に首輪のようなリングをつけるオメガはまだいるが、オメガであることを隠していたりあまり大っぴらにしたくない人には、特殊なシールが開発されてもいて、奏も持っている。自分を守る手段はあるし、自分がどうしたいかを選ぶこともできる。

自分から告白したっていいんだ…。真由香の言葉が奏の気持ちを後押しする。

「…よく考えてみる」

「うん。ひどい奴だったら、慶介がぼこってくれるから」

確かに腕力だけは慶介の方が上かもしれない。学生時代はアメフト部のエースクォーターバックだった。見せかけの筋肉ではない。

自分の部屋に戻って、鍵をいつもの場所に置いて、小さいガラスの器に入れたお菓子の小袋に目を落とした。宇柳にもらった筍のイラストのパッケージ。

あんなふうに気まぐれに、野良猫にエサをやるように、そのわりにはもったいぶって…。思わせぶり、気があるような素振りで…。

ちょっと腹が立つけど、それでもやっぱりまた会いたい。

その勢いのままに、宇柳のマンションを訪ねることにしたのだった。

退院した祖母を訪ねたときに、お礼にとワインをもらった。

奏は自分は殆ど飲めないので実家に持って帰るつもりだったが、ふとワインなら宇柳が喜ぶのではないかと思ったのだ。

そのときちょうどグループチャットの情報で宇柳が自宅にいることがわかった。それならこのワインは手土産にちょうどいいんじゃないかと思った。

こんなタイミング滅多にない。奏は殆ど衝動的に宇柳のマンションまで来てしまった。

しかしいざ部屋を訪ねるとなったときに、急に不安が押し寄せた。

いきなり自宅を訪ねるなんて、さすがにまずいんじゃないの？　何しに来たって云われたらどうしよう、そんなことを考えて躊躇してしまう。

やっぱりメールを送ってからの方が…。スマホを取り出して、でもなんて送ったら…なんてまた考え込んでしまう。

そうこうしているうちに、エントランス前にハイヤーが到着した。恐らく住民の誰かを迎えにきたのだろう。

さっき入っていった宅配業者からも不審そうな目で見られて、とうとうレセプションからコンシェルジュが出てきた。

「失礼ですが、こちらに御用でも？」

「え、あ、あの……」

わたわたしていると、自動ドアが開いてスーツ姿の宇柳がコートに袖を通しながら、大股で歩いてきた。

え、カッコいい…。

「カナタ？」

その声に、奏はぴょこんと飛び上がって、コンシェルジュが振り返る。

「…ああ」

「宇柳さまのお知り合いでしたか」

「これは失礼いたしました」

丁寧に頭を下げると、宇柳と入れ違いでロビーに戻っていく。

「こ、こんばんは」

慌てて頭を下げる。

宇柳は困惑していたようだったが、すぐに何かに気づいた。

「ああ、そういうことか。自分から来るとは意外だったな」

そう云うと、ぐっと近づいて奏の耳元を嗅ぐ。

「…あんま匂いしないな」

奏の頬がカッと染まった。

「悪いが今日は無理だ。これからどうしても外せない仕事があって…」

どことなく面倒くさそうな顔で返す。そして彼の視線は奏の背後に向けられた。

「すぐ行く。車で待っててくれ」

軽く片手を挙げて告げる。運転手らしい男性は一礼して車に戻っていった。

「来る前にせめてメールくらいしてくれたら…」

奏の背中に悪い汗が流れる。

失敗した…。そりゃいきなり来られたら誰だってそう思うだろう。

「す、すみません…。帰ります」

駆け出そうとした奏の腕を宇柳が掴む。

「部屋で待ってたらいい。辛かったら連絡しろって云ったの、こっちだしな」

ぞんざいな云い方に、奏の表情が凍り付いた。

「ちょっと待って、鍵出すから…」

鍵を出そうとポケットを探る。

奏はまじまじと宇柳の顔を見る。

そうなんだ、この人は僕がオメガだから手を出しただけなんだ。

わかってた。わかってたのに、勘違いした。真由香の話を聞いて、自分も勇気を出したら一緒にいられるんじゃないかって、勘違いした。

「たぶん今日中には帰れるはず…」

奏は、泣きそうなのを堪えるように唇をきゅっと噛んだ。

「違うから…」

蚊の鳴くような声で呟く。

「え、なに?」

悔しくて、自分が惨めで、奏は宇柳を見上げると、睨み付けた。

「違うから! そんなんで来たんじゃないから!」

「は?」

「もう帰る。さよなら!」

差し出された鍵を突き返して、駆け出した。

ばか、宇柳先生のばか…。

唇をきつく噛んで、通りまで走る。

もちろん宇柳が追いかけてくるはずもない。

途中で速度を緩めて、涙でぐしょぐしょになった目を乱暴に拭う。

やっぱり、自分なんてヤるだけの相手だったんだ。それなのに好きとか云われたら、迷惑に決まってる。

『きみ、オメガでしょ？　僕と付き合えると思ってた？』

告白したらそんなふうに云われただろう。

『オメガだからその気になったんだよ。オメガのフェロモンにアルファは抵抗できないからね。でもそれだけだよ。ただの生理現象』

云いそう。絶対云いそう。

だって仔猫って云ってたんだから。つまりそういう意味だったんだよ。

そんなこと今になって気づくなんて。

「真由香さんはアルファだもん。ぜんぜん立場違ってたのに。…ほんとにバカみたいだ」

マンションに帰って、ぐしょぐしょの顔を洗った。

むしゃくしゃしたので、手土産のワインを開けることにした。滅多に飲まないが、一緒に持参したチーズと合わせてみたら意外にいけた。

それでもグラス一杯ですぐに眠くなってきて、そのままソファで寝てしまった。

どのくらいたったのか、インターホンの音で叩き起こされた。

え、なに？　今、何時？　宅配の人？

まさか、宇柳先生が…。いや、ないない。そう思いながらも急いで出ると、慶介の顔が画面いっぱいに映っていた。

『奏、おまえ、電話くらい出ろよ』

「い、いきなり何……」

『いいから、開けろ』

強い口調で云われて、慌ててロックを解除する。

「なんなの…」

とりあえずケータイを探しあてて、通知を確認して驚いた。

「え、何事？」

何十件もの着信通知が並んでいたのだ。慶介だけでなく、祖母やアヤからもあった。

もう一度インターホンが鳴って、奏は玄関を開けにいく。

「慶ちゃん、なにが…」

「奏、ワインは……」

「え、ワイン？」

「お祖母さまからもらった…」

「え……」

慶介はリビングルームに入るなり、テーブルの上のワインを見てがくりと膝をついた。

「え、なに……」

「遅かったか…」

「なに、あのワインが何か…」

まさか不良品とか？　異物混入とか…？　美味しかったけど…。

「飲んじゃっ、た、のか…」

「あの、…まだ、残ってるよ。たぶん…」

一本全部飲めるわけがない。でもコルクは抜いたままだ。

「そのワイン、お祖父さまが某国王妃から特別にいただいた…」

「え……」

「お祖母さまが間違えておまえに…」

奏は慶介と顔を見合わせると、急いでコルクを捩《ね》じ込む。

「今更そんなことしても…」

「や、やばいの？」

ぶるぶる震えて、慶介に聞く。

「とりあえずお祖母さまに電話を…」

慶介が暫く話していたが、とりあえず飲みかけのボトルを届けに行くことになった。

「僕も一緒に行くよ。飲んじゃったの、僕だし…」

知らなかったこととはいえ、奏も責任を感じていた。

「それより、慶ちゃんまで巻き込まれて災難だったね」

「たまたまお祖母さまんちに寄ったんだよ。そしたらお祖母さまとアヤさんが大騒ぎしてて…。奏に電話しても出ないって云うから」

「ごめん…。スマホ、鞄の奥に入れてたから全然気づかなかった…。いつもはこんなことはないんだけど…」

エレベーターを降りてエントランスまで来た奏の足が、急に止まった。

「奏？」

奏の視線は、エントランスの前に佇む人物に注がれていた。

慶介もその視線の先に目を移す。

「あれ、あの人……」

自分と同じくらいの高身長で、とびきりの美形。スーツを着ているせいであのときとは雰囲気が違う。

慶介がエントランスに出ると、宇柳は不快を隠そうともしない視線を慶介に向けた。

「やっぱりか…」

ぼそりと呟いた宇柳の眉が微かに寄る。

「奏、知り合い？」

慶介が奏を振り返る。奏は固まったまま動けないでいる。それだけで慶介にはおおよその見当はついた。

「奏、おまえ来なくていいよ」

「え…、でも……」

「べつに俺らのせいじゃないんだし。責任感じることもないだろ？」

「や、けど…」

「アヤさんとうまいことやっておくから」

そう云い残して、慶介はさっさと車に戻っていく。

宇柳と二人きりで取り残されたことに奏は焦っていたが、それよりもロングコートの宇柳に目を奪われていた。しかもコートの下はスーツだ。

ゲレンデのエンジン音が遠ざかっていく。二人のあいだに暫く沈黙が続いて、奏は緊張で瞬きもできなかった。

「…従兄？」

宇柳が先に口を開いた。

「え、あ、そうです。父方の…」

もごもごと返す奏に、宇柳は軽く頷いてみせる。

「ゲレンデにチャイルドシート、しかも路駐。わかってるのに苛つく…」

「え？」

意味がわからず聞き返す。

「なんでもない。それよか、入っていいよね？」

奏は一瞬躊躇したが、滅多に見ないスーツ姿の宇柳をもっと見てみたかった。

黙ってエレベーターに促す。

「学生にしちゃ、いいとこ住んでるね。駅からも近いし」

「…電車で来たんですか？」

「いや、タクシーだけど。地図見たらわかるでしょ？」

「……」

それはそうなんだけど…。ちょっとバカにされた気分…。

「あのっ…、なんのご用ですか」

むっとして、つい聞いてしまう。

「なんのご用って僕に聞くわけ？　来たのそっちじゃなかった？」

「そ、それは……」

チンと音がして、エレベーターは目的の階に止まった。

「さっきまで大臣レクだったんだ。そのあと、えらい先生たちと会食だったんだけど、断ってきたんだ」

「え……」

奏は反射的に宇柳を見上げた。そこには少しおもしろがるような笑みが浮かんでいる。

「まさか、追い返したりしないよね？」

こ、これは、中に入れたらダメなやつだ。鍵を開けたら、そのまま玄関で押し倒されて、ぱっくりと頭から…。

そう思ったときには、宇柳に唇を塞がれていた。

「…せ、先生……」

廊下なのに…。共有スペースでそういうことは…。そう云いたいのに、身体が動かない。

カチャリと音がする。奏の持っていた鍵が床に落ちた。

そっと唇が離れて、落ちた鍵を宇柳が拾う。

「可愛いね…」

放心状態の奏に囁くと、宇柳が代わって開錠する。

「お邪魔しまーす」

先に入った宇柳が、躊躇する奏の腕を引いた。

バランスを崩しかけた奏を受け止めて、後ろ手に閉めたドアに押し付ける。

「…久しぶりだね」

そう云って薄く笑う。奏は蛇に睨まれた蛙《かえる》も同然。

震える奏の唇に奪うように激しく口づけた。

舌が入ってきて、からみつく。

奏は頭の芯まで痺れてきて、立っているのがやっとだ。

「あ……」

熱い息が漏れる。身体の奥が潤んできたのが自分でもわかる。

どうしよう…。なに、これ…。

「ほら、匂い、してきた…」

溜め息交じりの声で云うと、クンと匂いを嗅いだ。

「発情してるよね？」

その言葉に、奏はいきなり現実に引き戻された。

「は、離して……」

宇柳を押し退ける。

「なに…」

「やっぱりそうじゃん。発情してるオメガなら誰だっていいくせに…！」

きっと睨み付けると、ドアを開けようとした。それを宇柳が阻止した。

「それで怒ってたのか？」

奏は泣きそうになるのを、唇をきゅっと噛んで堪える。

「怒ってるのも、泣きそうなのも、可愛くてたまんねえな」

「ば、ばかにして…」

「してないしてない。ほんとに可愛いからさ」

微笑しながら、奏の指に自分の指をからめる。

「ちょ……、離してって…」

「おまえさ、ちょっと考えてみ？　発情期のオメガとやりたいだけで、同じ大学の学生に手を出すとかそんなリスクの高いこと、オレがわざわざやると思ってる？　そんなに相手に不自由してるとでも？」

ちょっと乱暴な口調で云うと、自信満々に笑ってみせる。

「オレがやりたいのは、発情してるオメガじゃなくて、おまえなんだけど？」

「……え？」

やや遅れて反応した奏に、宇柳は苦笑する。

それでも、奏が誤解していたのは自分のせいだということは宇柳にもわかっていた。なにしろ少し前まで、彼自身そのことに気づいてなかったのだから。

難問を大臣に理解してもらうために万難を排して出陣しようってときに、可愛い仔猫がいきなり現れたら、士気に関わるどころではない。それがわかっているくせに、しかしそれらを全部投げ出して奏を撫で回したい衝動にかられて、自分自身驚いたのだ。

理性の欠片もない、自分の剥き出しの感情に呆れた。

ハメを外すことはあっても、立場はわきまえている。なのにこのときの感情はただただ本能的でそんな自分に失望したのだ。その不快さを奏に向けてしまって、そんな自分の幼稚さにも呆れた。

しかも奏を傷つけたことがわかっているのに、傷ついて怒っている奏が可愛くてならないのだ。まったく我ながら始末に負えない。

「おまえ、ほんとにわかってんの？」

呆《ほう》けたような顔の奏に、ちゅっとキスをする。

「あ、わかってんだ」

奏のフェロモンが濃くなっていたのだ。

「素直だな」

宇柳は奏を抱き上げて、ベッドまで運んだ。

「は、発情期、まだなのに……」

奏が困惑したように呟く。

「…発情期前でもアルファとの濃密な接触によってホルモンバランスが崩れて、発情が早まるってのは、ときどきあるみたいね。そういう論文もあった」

「論文…」

「知らなかった？」

奏はこくんと頷く。でもそれよりも、宇柳が知っていることの方が意外だった。

「最初のときもそんなこと云ってただろ？」

宇柳は云いながら、コートを脱ぐ。

「付き合う相手のことは、ちゃんと知っておかないとな」

「つ、付き合うって…」

その言葉に奏の奥がじわっと濡れる。しかも、スーツがカッコいい…。

まさか…。こんなことって、あるんだろうか…。

「他のアルファといるとむかつく。それって、そういうことだろ？」

奏を見下ろしながらネクタイを緩めて、にやりと笑う。

奏から、むせるほどのフェロモンが放たれた。

「…たまんねえな」

少し目を細めると、唇をべろりと舐めた。

それを見るだけで奥が濡れて滴って、身体も火照ってくる。

宇柳が上着を脱いだのを見て、一瞬奏の目に失望が浮かんだ。スーツ着たまま、やってほしかったのに…。

そんなバカなことを考えているうちに、気づいたら裸に剥かれていた。

宇柳は、あちこちにキスをして、大きな掌で華奢な腰を撫でる。

「ごめん。ちょっと、我慢できない…」

奏のフェロモンにあてられて、宇柳は余裕なささそうに呟く。

そんな宇柳に、奏はきゅんとなって、また匂いが強くなった。

それに誘われるようにうっすらと目を細めて、ネクタイを外そうと手をかけた宇柳の手を、奏が止めた。

「は、ずさないで…」

云ってから、真っ赤になって慌てて首を振る。

「…なに？　ネクタイしたままがいいの？」

奏は否定も肯定もできない。

「マニアックだな」

そんなことない。だって、ネクタイ似合ってるから…。

宇柳は揶揄うような目を向けるが、それでもネクタイはそのままにしてくれた。

そして自分のベルトに手をかけると、奏をじっと見ながら自分のものを取り出した。

「…欲しい？」

奏は恥ずかしくて、目を合わせられない。

「カナタ、自分でそこ広げて？」

小さく首を振る。そんなの、無理…。

宇柳は苦笑すると、奏の膝に手をかけて脚を大きく開かせた。

羞恥で首まで赤くなっている奏に口づけ、奥に指を埋めてひくつく孔を指の腹で弄ぶ。

「カナタ、すごい欲しがってる」

キスの合い間に囁いて、既に濡れてきている中を愛撫する。

「あ、……んん」

焦らさないで…、そう思った直後に、宇柳のものが中に埋められた。

「あ、…すご……ぃ…」

うわ言のように呟いて、奏は押し入ってくるものを締め付ける。

宇柳の予想通り、発情期に入った奏の中は、いつも以上にうねっていた。

前のとき以上に、吸い付き締め付けてくる。

「たまん、ね……」

これじゃあ、長くは持たない。

「あ、い……、せん、せ……。すご、ぃ…」

自分の下で喘ぐ奏が可愛すぎて、宇柳は欲望のままに奏の内壁を擦ってやる。

「あ、ああん、…いいっ……」

奏が嬌声を上げて、ひくつく。

「せ、せんせ、ぇ……」

短い声を上げて奏がイったので、宇柳も早々に射精してしまった。

それでも、それで収まるはずもなく、宇柳はゴムを付け替えて再び奏の中に自分を埋めた。

「もっと、じっくり可愛がってあげるね」

片方の足を自分の肩にかけて、更に深く押し入った。

「あっ……」

内壁にペニスを擦り付けて、奏のいいところを探す。

「ん？　ここ？　気持ちいい？」

きゅっと締めつけるところを、何度も突いてやると、奏は荒い息を吐いて背をのけ反らした。

「ここ？」

「…ん、い……い…」

奏はうわ言のように云って、宇柳を締め付ける。

「もっと深いとこは？」

足を押し広げて、中を抉った。

「あ、や……だ…め……」

さっき以上にひくついて、奏自身戸惑ってしまう。

「ああ、いいね。悦んでる…」

奏は強すぎる快感に、怖くなってシーツを握った。

その手に、宇柳は自分の指をからめた。

「そんなに、い？」

わけがわからないほど気持ちよくて、奏はどうすればいいのかわからない。

「すごいね、奏の身体は」

宇柳は満足そうに微笑んでそう云ったが、彼自身も奏に溺れそうだった。


「カナタ、そろそろ起きたら？　お腹空いただろ？」

その声に、奏は慌てて飛び起きた。

宇柳が自分の顔を覗き込んでいて、一瞬夢を見ているのかと思った。

今がいつで、ここがどこなのか、思い出せない。…これが夢なのか現実なのかも。

「おはよ」

宇柳はふっと微笑すると、軽くキスをした。

「寝ぼけてるカナタ、可愛い～」

云いながら、髪をくしゃくしゃと撫で回す。

されるがままになっていた奏も、すこしずつ記憶が戻ってきた。

自分のマンションでのこと。そのあと宇柳の部屋へ連れてこられたのだ…。そしてまた抱かれて、でもそのあとは…。

「僕が出かけたの、覚えてる？」

奏は黙って首を振った。

「やっぱり寝ぼけてたか。いってらっしゃいとか可愛く云ってたんだけどなあ」

「…覚えてない」

いつ寝たのかも思い出せないのだ。

「起きたときお腹減ってたら可哀想だと思って、そこにデリバリーのメニュー置いておいたんだけど、触った気配すらなかったから…」

サイドテーブルには確かにいくつもの出前のメニューと、宇柳のメモが残されていた。

「僕もさすがに、戻ってくるまで寝てるとは思わなかった」

そう云うと、水の入ったペットボトルを渡した。

一口飲んで、喉がからからだったことに身体が気づいたのか、奏は一気に飲み干した。ついでに今気づいたのだが、ジャージとか着てた。それも見覚えがあるやつ。いつ着たのかまるで思い出せない。

そういえば、宇柳がクローゼットから適当に服を出していたような覚えも…。

「食べるもの、いろいろ買ってきたよ」

促されてリビングルームについていくと、テイクアウトのご飯がいっぱいテーブルの上に並んでいて、まる一日食べてなかった奏は、貪るように食べた。

宇柳はそんな奏にコーヒーを淹れてやる。

「ねえカナタ、これカナタの部屋で見つけたんだけど…」

宇柳の掌にのせられていたのは、筍のイラスト付きのお菓子の小袋だった。

「これ僕があげたやつ？」

否定することもできたはずなのに、奏は言い訳しようがないくらいに、耳まで真っ赤になってしまった。

「大事にとっておいたの？　ほんと可愛いことするよな…」

近づいてきて、奏の前にマグを置いた。

「カナタさー、昨日なんでうち来たの？」

「え……」

「やりに来たんじゃないって云ってたよね」

覚えてたんだ。でも、なんて云えばいいんだろう…。

「ん？」

俯いた奏を覗き込むようにして、男前の顔でにこっと微笑む。

「教えて？」

心臓の音がうるさいほどで、きっと宇柳にも聞こえている。

「…す、好きって……」

蚊の鳴くような声。掠れて…、小さく息を吸い込んだ。

「す、好きだって。僕が先生のこと好きって、云いたかった…」

苦しそうに吐き出す。

宇柳の目が一瞬見開かれて、そして優しく細められた。

「とっくに知ってた」

震える桜の唇に、そっと口づける。

「だって、カナタってば素直だからさ。ツンツンしてても、ちらちら僕のこと気にしてるし。そもそも好きじゃない奴に触られて、あんなふうにならないだろ？」

全部バレてた……。

「せ、先生…」

「あー、やべ。そんな可愛い顔すんなって…」

宇柳は、奏の耳を舐める。

「え、先生、ちょっ……」

「その先生っての、やめよ？　透って呼んで」

「…とおる、さん…？」

自分で声にして、どぎまぎしてしまう。

耳を舐められたせいか、身体の奥が熱い。…ていうか、ちょっとやばい感じ。

そのとき、はっと思い出した。

昨日、ピルいつ飲んだ？　記憶を辿ったが、思い出せない。

「カナタ、可愛い匂いしてきた…」

クンクン嗅がれて、身体がムズムズしてくる。

薬、飲まなきゃ…。そう思って立ち上がった。

「どうしたの？」

「く、薬……」

宇柳の目があやしく細められる。

「…いいでしょ、飲まなくても。僕がいるんだし」

奏は小さく頭を振った。だって、怖い…。

「今日だけ…。ね？　お願い」

ずるい。そんなふうに甘く請われたら断れないよ…。

「ちょうどクリスマスだしさ」

何がちょうどなのかわからない。

「こっちおいで。いいものあげる」

奏の手をとって、寝室に連れていく。

「こういうときのために買っておいたんだ」

ケースから取り出したチョーカーを奏の首に着けてやる。

「クリスマスプレゼントってことで」

「え……」

「安心でしょ？」

微笑むと、奏をベッドに組み敷いて、耳の下に鼻を押し付けた。

「…薬、すっかり切れたみたいだね」

肩口をべろりと舐める。

ぞくんと、全身の血が逆流したみたいで、奏はぶるっと震えた。

「ああ、ほら。やっぱり全然違う」

宇柳の目が恍惚《うっと》りと細められて、奏を見下ろす。

宇柳が深呼吸をすると、ぶわっとフェロモンが漏れる。

「と、おる、さん……」

ヒート状態に入った宇柳は、目の奥があやしく光っていた。

奏に口づけると、貪るように唇を吸う。

荒々しいキスを繰り返しながら、奏の服を剥いでいく。現れた肌は薄桃色に染まっていて、宇柳はその裸にかぶりついた。

「美味そう…」

奏の突起している乳首を嘗め回す。

宇柳の性急な愛撫に、奏はどんどん煽られて中心が疼いてくる。

宇柳が云うように、これまでとは全然違う。身体が疼いて奥が濡れてきて、どうしたらいいのかわからない。

そんな彼に、宇柳は自分のものを握らせた。

「ねえカナタ、僕のしゃぶって?」

「え……」

「お口で……」

唇に指をかけて、開かせる。奏はごくりと唾を呑み込んだ。

「いや…？」

嫌なわけではない。ただ、やり方がよくわからないだけだ。

宇柳はにこっと微笑すると、躊躇う奏をやや強引に自分の股間に押し付けた。

奏はこれまでで一番近くでそれを見て、背中がぞくっとなる。

宇柳がしてくれたみたいに、舌を這わせてみる。

「ん…。いいよ……」

宇柳のものは大きくて、口で頬張るのが精一杯だ。それでも唇で締め付けてみる。こんな大きなものが自分の中に…。そんなことを考えると、興奮してきてしまう。

一生懸命しゃぶっていると、宇柳の指が奏の後ろに回った。

「……！」

宇柳を咥えたまま、奏の身体がぴくんと跳ねた。

そこはまだ弄られてもいないのに、愛液が滴っているのだ。

「…こんなに濡らして……」

揶揄うように云って、指を入れる。くぷくぷと、濡れて溢れ出しそうだ。

「欲しそうだね」

自分の股間から奏を引き剥がす。そして唾液で濡れたペニスを、奏の後ろに当てた。

「どうしてほしい？」

「い、入れて……」

わけがわからず口にしてしまった。

「はや、く……」

泣きそうな顔で誘われて、宇柳は思わず苦笑する。

「いやらしいな…。びしょびしょにして」

先端をぐりぐりと擦り付ける。

「そんなに欲しい？」

焦らすように囁かれて、奏はこくこくと頷く。

「と、おるさん…。きて……」

熱に浮かされたような目で宇柳を見る。むせるほどのフェロモンが、宇柳を煽る。

それに引き寄せられて、宇柳は一気に奏を貫いた。

「あ、ああっ……！」

濡れた声を上げて、宇柳を迎え入れた。

宇柳の太いもので中を擦られるのが、たまらなく気持ちいい。

「あ、お、つきい……」

虚ろな目で、うわ言のように云って、その大きな宇柳のペニスを締め付ける。

奏の中はうねるように宇柳にからみついて、きゅうっと吸い付く。

「や、べ……」

宇柳も既に余裕はなくなっていた。発情期のオメガはその中も形を変えるのだ。

あまりにも善すぎて、長く持ちそうにない。そして気を許すと、あの細い首に衝動的に噛み付きそうになる。そのための安全策としてチョーカーを着けさせたのだ。

今日はとことんまで、奏を喰い尽くしたかったのだ。

その欲望どおりに、宇柳は何度も奏を貪った。


奏は暫くぶりに宇柳のマンションを訪れた。

「二週間ぶりかな？　いや、もっとたってる？」

年末年始を海外で過ごした宇柳を空港まで迎えにいって、そのあと一緒に過ごして以来だ。

去年のクリスマスのあと、発情期が終わっても、学校が休みなのをいいことに数日は宇柳の部屋で過ごしていた。

しかし実家からいつ帰ってくるんだと矢の催促で、箱入りの奏は帰らないわけにはいかなかったのだ。かといって、両親に紹介するのはさすがにまだ早かったので、年末年始は別々に過ごしたのだ。

奏は初詣くらいは一緒に行けるかもと期待したが、宇柳は顧問をしている会社のＣＥＯと過ごす約束があったらしく、渡米してしまった。

それでも宇柳からはマメにメールはきたし、奏も実家の愛犬や親戚のちびっこたちと一緒に撮った画像を送った。

学校が始まるのに間に合うように帰国した宇柳を迎えにいって、その日は一緒に過ごしたものの、その後はすぐに省庁の仕事も再開されてしまった。休み明けはいきなり忙しくなってしまって、宇柳からのメールも途切れがちだ。

研究室まで会いに行くのは躊躇われたし、そのうち試験も始まってしまって、さすがに奏もそんな余裕はまったくなくなった。

それでも無事に試験は終わり、その後は毎日のように料理の練習をしていたのだった。

一人暮らしをするにあたって、奏は母から最低限の家事の手ほどきは受けていた。なので不器用ながら包丁も何とか使えるし、ごくごく簡単なものなら作れる。

それで、宇柳に何か差し入れを持っていくことを考えたのだ。

きっと宇柳は奏が何もできないと思っているはずだから、驚いて、喜んでくれるんじゃないかと無邪気に考えていた。

母が教えてくれたレシピの中からいくつか試作してみて、一番マシだったものを再度微調整をして作り直した。

「美味しい、よね？」

さっきよりうまくできた気がするので、とりあえず納得して大きめの容器に詰めた。

こういうのはサプライズが大事だと思って、連絡なしでマンションに向かった。

戸倉にそれとなく聞いてみたところ、宇柳は既に研究室を出ていることがわかった。それならもう帰っている頃だ。

勢いでマンションまで来たが、何度かインターホンを押しても宇柳は出なかった。

まさかの不在。

けどどうしても会って渡したくて、ここで待たせてもらおうかと思ったが、以前に玄関でうろうろしていてコンシェルジュだかセキュリティだかに摘み出されそうになったことを思い出して、一旦マンションを出る。

『帰宅したら連絡ください』

それだけを送って、駅前のカフェで待つことにした。

ここまで来たんだし…。そう思ってスマホを弄りながら宇柳を待つ。

カフェはそこそこ混んでいて、待ち合わせに使ったり、仕事や勉強をしている人もいて、不思議な空間だった。

こういうとこで恋人を待つのって、そんなに悪くない。なにしろ初めての経験だ。

このあと宇柳の顔を見ることができると思うだけで、待つ時間は苦にはならない。

それでもさすがに、カフェが閉店するまでいることになるとは思わなかった。

もしかしたらメールを見てないだけじゃないのかなと思い直して、再びマンションに向かうと、途中から雨が降り出してきた。

「嘘……」

こんなことって…。

ふだんは天気予報を必ずチェックする方だが、この日は浮かれていてそんなことはすっかり頭から抜け落ちていた。

住宅街のため雨宿りできるような場所はなく、シャレにならないほど濡れてしまった。

どうかいてくれますようにと願いながらインターホンを押したが、やはり不在だった。

「ついてない…」

外はまだ雨だったので、せめてロビーで待たせてもらおうかとも思ったが、約束もなしに訪れてその上迷惑をかけてしまうのは、どうしても躊躇われた。

というのも、いつだったかのゼミの飲み会で、そんなふうな話題があったことを思い出したのだ。

「付き合ってるからって、連絡なしに訪ねてきて部屋の前で待たれるのってあんまり気分よくないよな」

ゼミの中でももてると評判の先輩の言葉に、場がざわついた。

「そうかあ？　俺なら嬉しいけどなあ」

「いや、迷惑だって。来る前に連絡くらい入れろっての」

「私も突然はちょっとねー」

みんなが口々に考えを述べ始める。

「サプライズ、嬉しいじゃん」

「いや、サプライズはうざいよ」

「それはあんたが二股かけてるからじゃないの？」

「かけてねえよ。そういう彼女面みたいなのが嫌なだけ」

身も蓋もない言い分に、女性数人からブーイングが飛んだ。

「けどさあ、待っててほしい相手なら合鍵渡してない？」

「そういうこと。渡してないってことはそういうことだって悟れよって話」

「うわ、きつーい。みんながそうだとは思わないけどなー」

みんなの反応は半々くらいに割れていて、そのときの奏は他人事のように聞いていただけだったが、今になって気になってきた。

宇柳はどう思うだろうか？　やっぱり連絡すべきだったかも。

ワインを持って訪れたときもメールくらいしろよと云われた気が…。でもあのときと今では状況が違う、はず…。

項垂れて外に出ると、雨は少し収まったものの風が強くなっていて、既に濡れている奏に容赦なく襲いかかる。

いつもならこの時期はまだダウンジャケットなのに、今日はちょっと洒落っ気を出してショート丈のウールのコートを着てきてしまった。

襟を立ててみたが、丈が短いせいで下半身が寒い…というか、冷たい。

情けない気持ちになって駅まで急ぐと、また雨足が強くなってきた。

これはもう、土砂降りと呼んでいいのでは…。

仕方なく個人宅の軒下を借りて、小降りになるのを待つ。

もう今日はこのまま帰るしかない。仕方ないな、こういうこともあるよね…。そう思って深い溜め息をついた。

手作りの料理を持って彼氏んちに会いに行ったら、驚いて、大喜びしてくれて、ぎゅっと抱きしめてくれて…そんな妄想をしていた自分が限りなく能天気に思えてくる。

しかも、雨はまだまだ強い。待ってるあいだに全身が冷え切っていく。

「さむ……」

これたぶん、下着まで濡れてるやつ…。デニムがぐっしょりしていて、冷え切っている。

「宇柳せんせい……」

情けなくて、人恋しくて、泣きそうになっていた。

そもそも、約束してないのに勝手に来たのが悪かった。サプライズとか浮かれてしまっていたけど、それこそが迷惑なのではないか。

いつでもおいでと云ってもらってはいたけど、合鍵の話なんてされてないし、自分も考えたことはなかった。

それよりなにより、奏はまだ宇柳から好きと云われたことがないのを、少しだけ気にしていたのだ。

可愛いは百回ほど云われてると思うけど、好きとか、愛してるとか、そういうのを聞いたことはない。

奏が意を決して好きと云ったときに、知ってたよとかじゃなくて、普通なら僕もだよって云うもんじゃないか？　と今になって思う。

悪いことを考え出すと止まらない。

もしかしたら、自分は宇柳にとってはそういう相手ではないのかもしれない。付き合うというのも、自分が思ってるのとは違うんじゃあ…。つまりやっぱりセフレとかそっち寄りの意味だったとか？　だから好きとかじゃなくて…。

「え、そんな…」

気に入ったオメガを他のアルファにとられたくなかっただけの話で、そういう意味の独占欲で、恋人とかそういうのとは…。

やば、ものすごく哀しくなってきた。

でも知らない人の玄関の軒下で泣いたりしたら、迷惑なんてもんじゃない。

まだ雨足は強かったけど、奏は駆け出した。

濡れた路面にライトが照らされて、奏は思わず片目を瞑る。

「あ、タクシー」

思わず立ち止まると、慌てて手を挙げる。こんなとこでラッキー、これで家に帰れる…と思ったのだが、生憎《あいにく》と空車ではなかった。

がっくりと肩を落としたが、そのタクシーは少し先で停まった。

あれ？　乗れる？

そのとき、後部座席から人が降りてくるのが見えた。

「カナタ？」

いきなり呼ばれて驚いた。

ずぶ濡れの自分を見るなり、宇柳は自分のコートを脱いでかけてくれた。

「うち来たの？」

聞かれて、小さく頷く。

「こんなに濡れて。ほら、乗って…」

そのままタクシーに乗せられて、すぐ先のマンションの前で降りた。

「ご、ごめんなさい」

「なに謝ってんの」

宇柳のコートは暖かく、それ以上に宇柳の目が優しかった。

「こっちこそごめんね。ケータイ切ってたからメール気づかなくて」

「あ……」

奏は小さく首を振る。しかしガチガチと震えて、歯の根が合わない。

「今来たとこ？」

「…さっき来て。でも留守だったから…」

「ロビーで待ってたらよかったのに」

そっか。中で待っててもよかったんだ…。少しほっとする。

「うわ、手冷たい」

冷え切った奏の手を、宇柳がぎゅっと握ってくれる。

あったかい…。

なんで連絡しなかったんだとか、約束もしてないのにとか、そんなこと一言も云われないことに、またほっとする。

ゆっくりと、さっきの不安が小さくなっていく。

久しぶりの宇柳の部屋は少し散らかっていて、それがなぜか奏を安心させた。たぶん宇柳が生活している痕跡を見ることができたせいだ。

宇柳は部屋の掃除や洗濯を、マンションの管理会社が契約しているハウスキーピングの会社に依頼していたが、今月は仕事の予定が立たないため断っていたのだ。

「濡れた服はそのカゴに入れちゃって」

脱衣カゴを置いてリビングルームの室温を高めに設定すると、宇柳はタオルを取りに行く。

奏はセーターをカゴに入れると、座り込んで靴下を脱いで冷たくなって感覚がなくなりかけている足を手で温める。

「カナタ、大丈夫？」

派手にくしゃみをしている奏の前に屈みこむと、宇柳は彼にバスタオルをかけて髪をくしゃくしゃと拭いてくれた。

「お風呂、すぐ用意するね」

「…ん。ありがとう」

慌しく部屋を出ていく宇柳に礼を云うと、奏は座ったままシャツも脱いでバスタオルで身体を拭く。デニムも脱いでしまおうかと思っているところに、宇柳が戻ってきた。

「それにしても、ひどい降り方だったねえ」

そう云うと、宇柳は抱えてきたタオルやブランケットを床に置く。そして床に座ると、後ろから抱き寄せた。

「ぬ、濡れるから…」

「あー、ほんと。ぐっしょりだね」

後ろから宇柳の手が回って、奏のベルトを器用に外し始める。

「じ、自分で……」

慌てる奏を無視して下着ごとデニムを引き下ろして、濡れた腰や背中を拭いてくれる。奏は大人しく、されるがままになっていた。

「せっかくあったまるなら、お風呂よりこっちのが…」

自分のシャツの前をはだけると、膝の上に奏を座らせる。後ろからぴたりと宇柳の肌が密着すると、宇柳の腕の中で奏は小さく震えた。

「冷た…。カナタ、冷え切ってるじゃん」

ブランケットで奏をくるむと、背後からぎゅっと抱き締めてくれた。

背中から直接伝わる宇柳の体温が、冷え切った奏の身体を温めていく。

「あった、かい……」

「ずぶ濡れの仔猫なんて、抱いてあっためるしかないよね」

云いながら、耳の下に唇を這わせてくる。

「…けっこう長いこと外にいた？　こんなに冷えてるなんて…」

「……」

黙っていることが肯定の意味になってしまった。

「ごめんね。すぐ帰れなくて…」

慌てて首を振る。

「とお、るさんの、せいじゃないし…。でも、会えてよかった」

ほんとに心細かったし、濡れ鼠《ねずみ》で情けなかったのだ。

「僕も。カナタが来てくれるなんて思わなかったから、すごいサプライズ」

「さ、サプライズ、好き？」

思わず聞いてしまう。

「それは、ときと場合によるけど…」

すぐ耳元で宇柳の声が響いて、どきどきしてくる。

「カナタが僕を喜ばせようとしてくれてるなら、嬉しいに決まってるよね」

「…よかった」

そう云って、はっとした。

「あ、そう…、差し入れがあって…」

「差し入れ？」

「あの…。筑前煮を…、作ってみたから…」

「筑前煮？」

オウム返しされている…。

「カナタが作ったの？」

いきなり顔を覗き込まれた。少し意外そうな宇柳の顔が、柔らかく緩んでいく。わ、妄想と同じ。奏は嬉しさが込み上げてきた。

「へえ。カナタの手作りかあ。楽しみだなあ」

諦めて帰ったりしなくて、よかった…。

「ちく、ぜんに…、好き?」

ふわっと幸せ気分になって、それでも少し恥ずかしそうにぼそぼそと呟く。

「ん? 乳首? 好きだよ?」

親父ギャグのようなこと云いながら、宇柳の片手がブランケットに潜り込んで、奏の乳首を弄り始める。

「そ、そうじゃなくて…」

「カナタが作ってくれるなら、何でも好きだよー」

更に乳首を指で撫で回す。くすぐったさと恥ずかしさで、奏はもじもじしてしまう。

「乳首、まだあったまってないね…」

くりくりと両方の乳首を弄りながら、宇柳の舌が耳たぶを舐める。ぞくんとして、身体がびくっと震えた。

「あ……ン」

奏の唇から、思わず甘い声が漏れた。

乳首を愛撫していた宇柳の手が、裸の下半身をゆっくりと撫で回す。宇柳の体温が伝わってきて、そして奏の内腿に移動してくる。

煽るようにいやらしく触られて、奏のものは勃起しかかっている。それに宇柳の指がからんで焦らすように愛撫される。

「あ、……ん、んっ…」

長い指でペニスを扱かれると、奏ははもう我慢ができなくなっている。口に手を当てて声が漏れるのを必死で抑えた。

「声、聞かせて？」

甘い囁きに奏は思わず目を閉じる。

あ……、そこは…。

後ろの入り口を、宇柳の指が揉むように弄る。気持ちいいし、恥ずかしい。

「…ちょっと柔らかい？　自分でやってた？」

奏は慌てて首を振った。

「うそ…。ここ弄ってたでしょ？」

意地悪く責めながら、ぬるりと指が埋まる。

「…あ……ん…」

「ほら、すぐに僕の指を飲みこんじゃう」

あ、気持ちいい……。自分でやるのとは全然違う。

「なかなか会えなくてごめんね」

囁いて、耳たぶを齧った。

「いっぱい抱いてあげるね」

優しい目には何かを企むような笑みが浮かんでいたが、奏からは見えない。

さっきまで芯まで冷えていた身体が、宇柳の愛撫のせいで火照ってくる。

後ろを長い指でくちゅくちゅされ、同時にペニスも扱かれて、奏は恥ずかしいのも忘れて身を捩ってしまう。

「あ……い、…い…」

前立腺を刺激されるの気持ちいい。でも、もっと深いとこまで…。指じゃ届かないとこまで弄ってほしい。無意識に足を広げていた。

「いっちゃう?」

「い、いっ、ちゃう…。と、おる、さんっ……!」

もうどうにも我慢できずに、甘えた声を上げて奏は宇柳の手を汚した。

「んー、可愛い」

タオルで手を拭うと、くたりと自分に凭れかかっている奏の髪を撫でてやる。

そして、ブランケットと一緒に持ってきた紙袋に手を伸ばして中から、ピンクのリボンのついた包みを取り出した。

「カナタ、ちょっと早いけど誕生日プレゼント」

「え……」

驚いて身体を起こす。

「どうせなら早く渡しちゃおうかなって」

「あ、ありがとう…」

振り返って、はにかんだようにお礼を云う。

「開けてみて？」

「え、今？」

逆らえずに、促されるまま奏は包装紙を破って箱を開けて、ぎょっとした。

「なに、これ……」

「可愛いでしょ？」

そう云って奏の前で広げてみせる。

シャンパンピンクのレースのキャミソールと、お揃いのショーツ。バラがあしらわれたデザインで、めちゃめちゃキュート。

「…なんか、間違えてない？」

ニヤニヤして、カナタにぴったりじゃん」

「ぴ、ぴったりじゃないっ」

ぷいと横を向く。

そんな奏の細腰を抱き寄せると、キスをした。

最初は嫌がっていた奏も、宇柳のテクにすぐに翻弄されてしまう。

宇柳の舌が奏の口腔を犯す。奏の舌を捕らえると、もつれさせからみ合って、奏は息をするタイミングも掴めない。

キスをしながら、奏の華奢な腰を宇柳の大きな掌がいやらしく撫で回す。

奏はお尻がむずむずしてきた。実は射精したものの、熱は少しも収まっていなかったのだ。

後ろが満たされてなくて、欲しがって濡れてくる。

「着てみてよ」

唇を離すと、宇柳は奏に囁いた。

「え……」

宇柳の目が少し意地悪そうに光る。

「や、やだ……」

ふるふると首を振った。そんな恥ずかしいこと、できるわけがない。

キャミソールはぎりぎりだとしても、ショーツがダメ。Tバックとか穿《は》いたことないし、ひらひらしたレースもあり得ない。いくら奏のものが控えめだとしてもさすがに収まらない。はみだしちゃう…。そう思って、穿いたところを一瞬イメージしてしまって、中心がぞくんと疼いた。

「着てくれないと、やったげないよ？」

「え……」

思わず失望の声を上げてしまって、宇柳の目が意地悪げに歪んだ。

「カナタ、挿れてもらえないと収まらないもんね」

全部お見通しだった。

奏はきゅっと唇を噛んだ。

「…ず、ずるい……」

「ほら、早く着て？」

逃げられないことを悟って、仕方なくそれを受け取った。そして、ちらっと宇柳を見た。

「…写メは禁止」

「了解」

宇柳は満面の笑みを浮かべている。

「む、向こう向いてて」

宇柳はくすっと笑うと、自分も服を脱いでソファで奏のお召し替えを待った。

「もういい？」

振り返ると、レースのキャミソールにショーツが最高に似合う仔猫が、恥ずかしそうに立っていた。

「おいで？」

奏はおずおずと、宇柳の手をとる。

「すごく可愛いよ」

奏は恥ずかしくて死にそうで、宇柳と顔を合わせられない。

宇柳はそんな彼を自分と向き合うように自分の膝に座らせた。

「寒くない？」

奏は少し俯いて、首を振った。寒いどころか、全身は火照ってきている。

宇柳はキュートな奏をじっくり堪能すると、俯いたままの奏の唇にちゅっとキスをした。

「僕ってセンスある。カナタにぴったり」

目を細めて、奏の唇を啄む。そうしながら、キャミごしに奏の乳首を指で撫でる。

宇柳の唇は奏の耳へ移動して、うなじを舐め上げていく。そして、指で弄っていた乳首をキャミごしに舐めた。

唾液で濡れて、突起したものが透けて映る。

「すごい、いやらしい」

揶揄うように云うと、もっといやらしい部分に目を落とす。

「…せっかく可愛いの穿いてるのに、はみ出しちゃダメでしょ」

ふっと微笑して、勃起してレースのショーツを持ち上げている奏のペニスの先端に息を吹きかけた。

「な……」

奏の背中がびくっと反る。

可愛すぎる反応の奏に、宇柳は気を良くして、更に愛撫を続けた。

ショーツを穿いたままの奏の後ろに、ローションで濡らした指を捩じ込む。

「や、ぁ……」

奏のそこは、発情期じゃなくても既に柔らかく開きかけている。

指を増やしても強い抵抗もなくそれを飲みこんで、中を弄ってやるとびくびくと震える。

宇柳は奏の腰を抱え上げると、自分の反りかえったものを後ろに当てた。

「カナタ、腰下ろしてみて」

「え……」

奏は戸惑ったように首を振ったが、宇柳は奏のショーツの後ろをずらして、先端を潜り込ませた。

「できるよね？」

奏は宇柳の肩に掴ると、ゆっくりと腰を落としていく。

「あ……っ」

「そうそう。いいよ…」

熱を帯びた宇柳の声に、奏の奥はじわりと濡れてきた。

「ああ…っ……んん、…」

奥まで呑み込んで、背中をのけ反らせた。

「ゆっくり動いてごらん？」

奏は宇柳の首にしがみついて、自分で腰を使ってみる。

「は、あぁっ……」

自分の中でひときわ宇柳のものが大きくなっていくのが、たまらない。

奏は夢中になって、腰を上下させていた。

「カナタ、上手…。そこ、気持ちいいの？」

奏は何度も頷いて、宇柳のものを受け入れたまま、イってしまった。


宇柳がどうしてもというので、二人で奏の作った筑前煮を食べることになった。

「すごく美味しい。日本酒に合うね」

宇柳は上機嫌で酒を飲む。

「口に合ってよかった」

「合うよ、奏の手作りだもん」

じっと奏を見てそう云う。奏は少し赤くなってしまう。

そんな奏の手をとると、その手の甲にキスをする。そして、その掌を開かせて、何かを握らせた。

「忘れないうちに渡しておくね」

「これ……」

握らされたものを見て、奏は言葉を失った。

「うちの合鍵。玄関のパスワードはメールで送っとくよ。いつ来ても大丈夫なように」

「……」

これこそサプライズだ。奏は嬉しくて、宇柳に抱きついてしまった。

「ありがとう」

「ん。奏んちの合鍵もくれる？」

急いで頷いたが、はっと冷静になった。

「う、うちの鍵、親も持ってる…。たまに母が来て、掃除してくれてたり」

掃除してるときに宇柳が鍵開けて入ってきたら、相当気まずい…。それどころか、母が来たときに中で宇柳がひとりで寛《くつろ》いでいたら、それこそ通報案件になってしまうかも。

「そっかあ。それじゃあ、早いとこご挨拶に伺わないとね」

「あ、いさつ…」

「教え子じゃないから問題ないよね？」

考えてもみなかったことに、奏はすぐに反応できないでいる。

「…都合悪い？」

「そうじゃなくて…。びっくりして」

宇柳の目が愛おしそうに奏を見る。

「可愛いな、カナタは…」

「せ、先生…」

「ご両親に、可愛い奏が騙されてるんじゃないかと心配させたくないし」

それはありそう。

「それに番にしちゃってから挨拶に行くってのも信頼を損ねるから、早い方がいいよね？」

当然のように宇柳の口から出た番という言葉に、奏はさっき以上に驚いた。そこまで考えていてくれるとは思っていなかったのだ。

「つ、つがい…」

「いや？」

嫌じゃないことがわかった上で聞く。その宇柳の目は、ちょっと意地悪っぽくて、奏はぞくぞくしてくる。

「いや、じゃない…」

宇柳の目が細められる。

「だよね。僕も気が気じゃなくてさ。カナタ可愛いから、どっかのアルファに襲われでもしたら大変。今まで何事もなかったなんて奇跡だよ」

そう云って、奏をぎゅっと抱き締めた。

「カナタ、愛してるよ。僕のものになって？」

じっと目を見て口説かれる。

全身が溶け出す。その言葉がこれほど嬉しいなんて。

奏は驚いて目を見開いていたが、その眸から涙が零れた。

「カナタ？」

「ぼ、ぼく…、ぼく…」

「ん？」

「僕も、あ、あいして、る……」

涙交じりの声で絞り出した。

「透さんのものにして…」

宇柳の目が、優しく、どこまでも優しく奏を見つめていた。

あとがき

はい。オメガバースです。

これまで、だいたい可哀想な生い立ちのオメガばかり書いてきましたが、たまには裕福な家庭で愛されて育ったオメガもいいんじゃないかしらと思って、箱入りの仔猫オメガが、ちゃらけたインテリアルファに猫可愛がりされるお話にしてみました。

しかも歳の差カップル〜。

とにかく、めいっぱい可愛い受けを目指しました。

攻めは、受けに可愛いねって云ってればいいだけの人です。それもまたよし。

一生懸命で可愛い子が愛される話は、やはりよいものです。まあ、可哀想な受けも大好きなんですけどね。それはまた次の機会に。

残念ながら書けなかったエピソードなんかもわりとあるので、webとかでご披露できたらいいなーなんて思ってます。

こんな世の中なので、今書いてるこの人たちはマスクなしで生きてるんだ…ってふと思うことが何度もありました。飲みのシーンとか書きながら、早くこういう日常が戻ってきたらいいななんて。

でもワクチンのおかげでまだ先ながらも出口が見えて来て、たぶんあと何か月かしたら、全部は無理でも少しずつ日常が取り戻せるはず。大きい会場でライブができたり、大声で歌ったり、そんな未来を信じてもうあとちょっと、頑張りましょう。


今回、可愛い受けとカッコいい攻めを描いてくださった、すがはら竜《りゅう》先生。お忙しいところありがとうございます。以前に他社でご一緒させていただいたときも、めちゃ可愛い受けでした。どんな素敵な絵に仕上がっているのか、とても楽しみです。

また、担当さんにはいつもお世話になっております。自由に書かせてくださって感謝でございます。昨年末頃からスロージョギングも始められて、長年お勧めしてきた甲斐があったというもの。(ちなみに私、この三月で走行距離が地球の直径を超しました。自慢です)

何より、読者さまには最大級の感謝を。

皆さまのおかげで書き続けていくことができています。数多ある本の中から拙作を選んでくださって、ありがとうございます。心から。

二〇二一年三月二二日　義月粧子《よしづきしょうこ》

カクテルキス文庫

Cocktail Kiss Label

好評発売中！！

…可愛い匂いしてるね

闇に溺れる運命のつがい

義月粧子：著
タカツキノボル：画

「もしかして発情してる？」オメガとは公言せず、弁護士事務所の調査員として働く祐樹は、エリート弁護士でアルファの倉嶋と目が合った瞬間、身体が震える程の衝撃を受ける。倉嶋から仕事を評価され、もっと彼の役に立ちたいと努力を重ねるが、ある日薬が効かず彼の体臭を嗅いだ途端、急に奥が疼き始め、倉嶋に捕獲されてしまう⁉　オメガのフェロモンのせいなのに、恋だと期待してしまう自分が惨めでも、彼の手を離すことができなくて…。
エリート弁護士 × 孤独なオメガの発情ラブ

定価：本体 755 円＋税

発情期じゃなくても充分エロいね

オメガバースの寵愛レシピ

義月粧子：著
Ciel：画

「オレのが欲しいんだろ？」発情期が始まるころ味覚が絶好調になって、繊細な料理を生み出すことができるオメガの柊哉は、人気のトラットリア『ヴェーネレ』のシェフ。完璧に仕事をこなしていると、突然オーナーの孫・アルファの槙嶋が経営の勉強のためと仕事を手伝うことに⁉　カッコ良さに衝撃を受けるも、媚びたくないと強がる柊哉の心の壁を、槙嶋はやすやすと崩し、貪るように唇を重ね、押し倒してきて……。
イケメンアルファ御曹司 × 几帳面オメガシェフの溺愛ラブ

定価：本体 755 円＋税

Cocktail Kiss Label

カクテルキス文庫をお買い上げいただきありがとうございます。
先生方へのファンレター、ご感想は
カクテルキス文庫編集部へお送りください。

〒102-0073　東京都千代田区九段北3-2-5 5F
株式会社Jパブリッシング　カクテルキス文庫編集部
「義月粧子先生」係 ／ 「すがはら竜先生」係

◆カクテルキス文庫HP◆ https://www.j-publishing.co.jp/cocktailkiss/

箱入りオメガは溺愛される

2021年4月30日　初版発行

著　者　義月粧子

発行人　神永泰宏

発行所　株式会社Jパブリッシング
〒102-0073　東京都千代田区九段北3-2-5 5F
TEL　03-3288-7907
FAX　03-3288-7880

印刷所　中央精版印刷株式会社

ISBN978-4-86669-386-6　Printed in JAPAN